Franzobel · Der Trottelkongreß

Franzobel

Der Trottelkongreß

Commedia dell'pape. Ein minimalistischer Heimatroman

RITTER LITERATUR

ISBN 3-85415-225-6

2. Auflage 1998

Bildnachweis: Franzobel
Lektorat: Ralph Klever
Herstellung: Ritter, Klagenfurt

Johann 23 : Herbert 0.

Habemus Papam Mobile!

Jesus. Stunde der Empfängnis. Während wie Spinnenbeine sich Stämme in ihr Wäldchen legten, Eidotter in ihren Häutchen schwammen, die Auferstehung irgendwo sich im Geäst verfing, da unterm Währen dieses Sonnenlichts. Während, wassert ich und du. Rechtes Bein, linkes Bein, drei, vier. Das genetische Erbe festgelegt. Während der kahlköpfige Maurermeister Petrus Bretterbauer seinem Dackel Lobkowitz einen mit dem Wort Apport verkleideten Regenschirmgriff warf, sich ungestört ein Hütchen Tabak in die mit Schnauzer verzierte Nasenkelle zu ziehen, überfiel ihn der breitbeinige Leumund seiner schnattrigen Verlobten, hinterrücks mit du, sich zementsackschwer in die Kamele seiner Nackenmuskulatur zu beißen. Das ist bereits zuviel gesagt. Ein Brei. Auf der Erde kam es zu Erdbeben, in den Torten zu Zibeben, Ananas. Ich denke ja an dich. Da vibrierte Ohrhaar, tauchte etwas Ärger in die Kehle, spuckte die Galle ihr Sekret. Nicht verspäten, grub es tönern um, darf er sich, versprochen nichts, weil sonst der Braten zäh wie Ameisenleben, fußpilzwund. Das ist zuviel gesagt. Der Bart flimmerte Sechsachteltakt, die Augen rollten Läufigkeit. Davon. Und Winde entwurzelten monströse Bäume, Rösselsprung und Himmelfahrt. Dabei. Du und ich und ich und du. Zweihundert Millionen Spermien schießen in die Luft.

Die Absamer Fußpflegerin Immaculata Mösenspreizer hatte gerade ihr Haar geschäumt, dabei eine Henna-Tönung einspringen lassen, als sie durchs Küchenfenster ihren Zukünftigen vorüberschnupfen, Petrus, und sich ihm den Befehl gemeinten Ratschlag derart in den Wirtshausweg stemmen sah, nicht verspäten, daß selbst ihrer sterbenskranken Untermietererin ein kurzer Seufzer aus der Starre stierte. Phuhh. Ich habe zugesehen. Jeder Mensch hat die Fähigkeit, die Welt auf ganz besondere Weise zu bereichern, sagte sie und schnaubte Blasebalg dazu. Das Zeug der Zeugenschaft. Der Ozean mit seinem Sonderstatus schwemmte aufgetriebene Akkorde an.

Pfirsich blähte sich im Bauch. Huha und Zwetschkenröster. Ganz verliebt. Mein Leben, ich murmle aber Dreck. Die Eijäger werden auf ihre etwa siebzehn Zentimeter lange Reise durch den Muttermund geschickt.

Der Tod, der Tod. Und wenn er aber kommt?

An was denn glauben? Zur gleichen Zeit schloß ihr einsilbiger Sohn, der Aigner Orgelstimmer Linus Haberditzl einen kalligrafisch einwandfreien Brief, in dem er hochschraubte, daß er neuerdings unter einem vertonten, wahrscheinlich auf ein traumatisches Erlebnis mit einem Lobkowitz genannten Dackel zurückzuführenden Ohrensausen litt, das der konsultierte Arzt lateinisch als Bombus Bombastus bezeichnete. *Der Hund. Ans Bein hat mir der Hund gemacht, die Sau, die ungezogene. Die schöne Hose, schöne. Immer denke ich daran. Die Sau.* Es dröhnte, als ob jemand sein Gehirn ausschwemmte, eine Baustelle in seiner Augenhöhle Sommer war. Momente.

Kontraktionswellen setzten ein. Er hörte den Herrn, die allmächtige Persönlichkeit Gottes in einer Eber-Inkarnation. Es grunzte. Grunzte nur ein Wort. Was soll das heißen? Seele und gesund. Es grunzte nur. Unter mein Dach, es grunzte Dach. Danach, nein, kehrte ein.

Außerdem versprach die ins Büttenpapier getragene Tinte die bevorstehende Lösung von Helga Haberditzl, geborene Ditzlhaber, die ihn seit Monaten mit dem aus Affing stammenden Hilfsarbeiter Anacletus Klas betrog, der sich nicht nur vom Einfachen zum Über hochgeschaukelt, sondern auch tief drinnen im Verdacht war, seine beiden flachsigen Cousinen Borussia und Bavaria Preußbayer mit einem katzenförmigen Klobesenhalter erschlagen zu haben, weil sie ihn von Kindheit an damit gehänselt, daß er ein unmäßig kleines, rosinengleiches Glied an und für sich trug, welches bestenfalls die Größe eines Wimmerls aufweise, wie ein solches funktioniere. In einer Falte eingenistet, sprungbereit und Eiterherd. Dabei ist es durchaus möglich, Tugend aus der Not zu modeln, ja Verstehen, wie Eingeborene in Hinterhälten aufzustacheln, Giftpfeile abzuschießen. Schlüsse.

Der Tod, der Tod. Und wenn er aber kommt?

Und viel zu früh. Da die wahrscheinlich verdursteten, vielleicht verwursteten Leichen der beiden Frechdachse aber weder noch auftauchten, fehlte dem Staatsanwalt Clemens Eipeldauer jede Grundlage zur Klage, die doch schon faulig in ihm gärte. Sein Atem roch danach, Kanal. Leben, murmle ich und Dreck. Was habe ich daraus gemacht. Ja, was? Birnentanz, Apfelmost. Eipeldauer, der privat mit Möglichkeiten der Levitation experimentierte, hatte einen tätowierten Anker um den Hals, der ihn an seine Jugend, seine Liebe, die nunmehrige Siebenkampf-Staatsmeisterin Ilona Lohner drückte, wollte aber nicht einsehen, warum eine Aufhebung der Schwerkraft aussichtslos sein sollte. *Von der Erde weg, sich lösen, diese Anziehung weglegen, ist es Fliegen, was ich will. Schweben durch die Dimensionen, sausen durch den Sprudel Zeit, und ungehalten, frei, auszuziehen in ein neues Aggregat, es anzufüllen nur mit mir, fühlen, was es heißt, das Schwebt.* Noch denke ich an dich. Die kühnen Helden, die dein Fleisch erobern wollten, irrten halbnackt und dem Wahnsinn nahe da umher. Zwei, drei Dutzend Samenzellen. Grüß Gott, ihre Kappen nahmen sie sich ab.

Mit lautem Heureka sprang er, Eipeldauer, in die Luft – landete aber erst wieder am Boden, was den unter ihm wohnenden Evaristus Schreyvogel, einen aus Altaussee stammenden Berufsfischer und Hobbyphilantelisten, anfaßte, sich in seinen Paarungsbemühungen mit der Trost suchenden Helga Haberditzl, geborene Ditzlhaber, gestört zu fühlen. *Ein so ein Lärm. Das kann ja viel bedeuten.* Zweihundert Millionen Samenzellen. *Nichts da. Viel kann das bedeuten. Nichts.* Mit

einem Besenstiel steppte er astair gegen die Zimmerdecke. *Damit er sieht, damit er sieht.* Bevor die Ereignisse sich überstürzen. *Nur, damit er sieht.*

Dieser Mäusetanz trippelte Flobert dem vorbeischlurfenden Landwirtschaftsbediensteten Alexander Angerer ins Ziel, den die Klopfgeräusche nicht nur an das aberwitzige Stampfen des debilen Zuchtbullen Franz Josef erinnerten, der sich damit über die winterlichen Stallkasernierungen trapste, sondern ihn auch augenblicklich aus seiner krankhaften Schläfrigkeit riß, die seit Jahren wie Kochwäsche ein Faden an ihm hing. Immer. Er wollte immer schlafen, flüchten aus der Welt, zurück ins Sich, in sein Entstehen. Zurückgepudert sein. Oral, ja wund und weggerieben sein. Weshalb der Ansfeldener Knecht dem Fernsehen, dem er stets entschlief, die Schnapsrunden im Bierführer, zu denen es auch Petrus Bretterbauer samt Lobkowitz trieb, vorzog. Die glücksverheißende Zeit beginnt am Mittag und endet unaufrichtig wo parterre. *Weil im Alltag ist man so etwas von unpersönlich, spröde, gibt es dann Momente ganz durchlebt, das ist dann Sieb das Bier. Das Glück aus den Momenten pressen.* Bevor die Ereignisse sich überstürzen.

Zuerst zögerten sie noch, dann stöhnten sie. Weit offen war ihr Mund. Unterdessen hat die Samenzelle ihren Schwanz verloren, sich auf einen Divan legen lassen, ruht, um später als genetische Mitgift in den Kern zu wandern. Fit mach mit.

Zur gleichen Zeit bewegte sich die Wanderniere des aus Altheim kommenden Einzelhandelskaufmanns Sixtus Aigner sprungartig um zwei Zentimeter. Landesrekord. Rechtes Bein, linkes Bein, drei, vier. Wenn das kein Wunder ist, Grundstein eines Wallfahrtsorts? Der Verkäufer hatte gerade an die Schönheit gedacht, die trotz verwester Garantie einen anderswo gekauften Kirschkernentsafter gegen einen Universalalleskönner umtauschen wollte, was ihr Sixtus Aigner, ihrer menschgewordenen Harmonie willen, auch genehmigte. Drei, vier. *Mit so einer einmal, Sie verstehen, und wenn es auch nur einmal ist, das wünsche ich, dann gäb ich Ruh, wäre Apfel, Erde und ein Ei erfüllt. Vom Blitz erschlagen will ich sein. Das wäre es für mich.* Und wo bleib ich? Wo bin ich denn? Und wer? Was wird aus mir? Es fiel ihm leicht, die nackten Körper seiner Widersprüche in Stücke zu hauen, so simpel waren sie.

Mit solchen kleinen Krumm-Touren verdiente sich Bettina Bleibtreu ihr Theologiestudium und finanzierte gleichzeitig ihren Lebensgefährten, den aus Alzgern kommenden Hymnenkomponisten Teleforus Ziegenfuss, der bereits so unverwechselbare Schlager wie „Gloria in Excelsis Deo“ oder „Karamba, Karacho, ein Whisky“ komponiert hatte, weshalb ihm die überall eiternden, nun aufbrechenden Neider den krustigen Eklektizismus-Vorwurf ins Fleisch egelten, was derart bohrte, daß ihm bald ein Ruf chronischer Bettnässerei enteilte,

wie ein Wiesel rannte der davon, entlief, was vor allem seiner Zimmerwirtin, der Witwe Josefine Krumbein, Landkarten in die Kochwäsche zeichnete, Rohrschachtests.

Wie ausgelegt war die Krumbein sanft, so bilde ich mir ein, mit dem braven Kartographen ebenso nachsichtig wie Iginus Simperl, ihr Hausknecht. So bilde ich mir ein. Perfektion ist der Rahm des Standpunkts. Käse. Der aus Amriswil stammende Wirtschaftsgehilfe schlug Schlagobers aus seiner Zeit, indem er sie unterbutterte, an Laubgesägtem feilte, das dann auf Weihnachts- und Osterbasaren unchristlich, zu weit entrückten Preisen angeschrieben stand. Entzückend. Selbst das ist Ausdruck, Äußerung. Nur hat es was mit mir zu tun? Bilde ich mir das nur ein? Die Eizellensubstanz wird in zwei völlig neue, identische Zellen aufgeteilt. Für jeden was.

Auch Pius Magenschab hatte einen solchen Wandschmuck erstanden, ihn seiner großen Liebe aufzuwarten. *Da wird sicher sich die Käthi freuen, abbusseln wird sie mich, ja ganz aus ihrem Häuschen wird sie sein. Liebster, wird sie sagen, mich gleich beißen, Liebster sagen, das ist lieb von dir. Liebster, das ist lieb.* Die Hausmeisterin Käthe Kahl konnte aber mit dem Sperrholz-Pärchen, das, sobald man daran zog, kopulierte, nicht Wirklichkeit anfangen. Im Gegenteil, sie beschimpfte den Paraventsticker als Fiktionär und unanständig, was den an Chromatodysopsie leidenden Magenschab tief bis in den Darm betrübte. Nur ein Wort. Und das hieß farbenblind. Seele und gesund. Es grunzte. Er weinte, Linsen liefen über sein Gesicht. Aus den Nasenöffnungen flossen die Prinzipien. Adieu. Mit Schimpfwörtern gefoltert. Wie eine Unterwasserlandschaft siehts hier aus.

Der Grund ist das Verbotene. Der Kitzel, daß es niemand wissen darf. Der Gott der Schlacht wurde angerufen, seine schützende Hand über die Soldaten zu halten, die bereit waren, für die Vergrößerung des Reichs der Christenheit zu kämpfen. Exsurge, Domine, et sudica causam tuam.

Zur gleichen Zeit sprang aus dem Anifer Friseurmeister Anicetus Pusböck eine Vorhut Rülpser, *ja, der Weg ist frei,* eine Armada folgte, flott stieß es heraus, was insofern nicht paßte, *so führt man ja kein Tischgespräch,* als er gerade mit seiner Frau, Cordula Puspöck, beim Essen saß. *Benimm dich. Ich aber fordere dich auf, dem Irrglauben, in den du verstrickt bist, abzuschwören und den wahren Glauben anzunehmen. Überdies sollst du anerkennen, daß du kirchensteuerpflichtig bist.* Sie war an die vorlaute Verdauung ihres Mannes zwar gewöhnt, aber was sollten denn die Gäste, denen man beharrlich Zivilisation vorspreizte? Steif, das ist der Sinn, und zeigen wie, und daß man so wie alle ißt, nicht kreuz und ungefragt. Das kommt von der Familie. Mein Leben, murmle ich. Was habe ich daraus gemacht? Hörst du mir zu?

Freilich war auch Silvia Zezula damit bekannt, litt doch auch ihr Mann, Soterus Zezula, ein aus Ansbach stammender Lastkraftwagenfahrer, nicht nur an Geophagie, weshalb er ständig Trieb verspürte, Erde zu verspeisen, sondern auch Blähungen – besonders dann, wenn er sich mit trockener Gartenerde überfraß. Angeekelt warf der Körper dann die ihm den Nabel treibende Fülle davon. Substral. Er gebar Dämonen aus seinem Hinterteil. Diese waren lüstern, ungewaschen, stanken. *Die Backen aufeinander kneifen, nichts entweichen lassen, damit es nicht den andern, keifen werden sie, dann sage ich Silvia, und sehe sie böse an. Da wird sie rot, läuft an und will versinken. Schämt sich gleich.* Und überall die Toten ihrer Eitelkeit.

Das Lächeln ist halbiert. Eleuterius Pinzenöler hatte sich nur gewundert, weshalb Zezula verstohlen Erde aus den Blumentöpfen stahl, diese ins vorzügliche Essen mengte. So eine Torheit. Außerdem versuchte der Aurachkirchner Autospengler Blicke auf der wegen ihm geladenen Rollbahn Ursula Sula zu landen, um bald die rissige, von Geschlechtslust übermannte Haut seiner feuchten Handinnenseite hinterherzuschicken. Sündhaft. Sula ihrerseits wollte keine Lagerwiese sein, fand an Pinzenöler wenig Geschmack, nur ranzig abgestandenen, und versuchte bloß, der Peinlichkeit eiligst zu entfliehen. *Er wirft die Augen, will etwas, ist eingeladen wegen mir, gefällt mir nicht, was kann ich tun? Wohin?* Die Zahl der gefangenen Blicke war so groß, daß sie sich selber vorschlug, sie zu töten.

Ihre Gedanken waren weder bei dem Rülpser, noch bei Zezulas Geophagie, sondern in Ausreden und deren Ziel, dem Vorgesetzten Victor Aschauer, der gerade in einer Sauna destillierte, und konzentriert an Wörtern wie Finanzprüfung und Rohrbruch enteregierte, um nicht beim Bild der aufreizend entgegenschwitzenden Roswitha Thalhammer alles Blut ins

Bodenlose zu verlieren. *O mein Herr, du bist als einziger imstande, die Schmerzen der Leidenden zu lindern, die Leiden am Schmerzenden zu hindern, wirf sie von dir, wirf den unreinen Körper, wirf ihn weg und laß die Hoden kalt, den Sack.* Natürlich genoß die Handelsschullehrerin die Wirkung, welche sich ganz offen auf nach oben tat. Der Mensch hat sein Limit schnell erreicht. Verborgen blieb ihr Aschauers Angst vor Herzinfarkt, seine mit dem Einschlafen der Beine einhergehende Basophobie. *Leberkäse fühlen sich die an, sind taub wie ausgefaulte Nüsse, wollen aber dennoch meine sein, zu mir gehören, diese tumben Dinger.* Er hatte ernstliche Befürchtungen, nicht gehen zu können, hinzufallen, und bloß sich bloßer noch als bloßzustellen. Vor der Thalhammer vor allem. Ihre Brüste standen aufrecht, zu eng beisammen, einen Zwischenraum zu lassen. Gott, nein Silikon. Ein Lächeln umsäumte ihr Gesicht, das warf sie um sich wie Konfetti. Anzüglich. Mein Gott, die Lust. Die Lust worauf? Ich könnte Hunger sagen, Trieb. Das Limit schon erreicht. Die Fußsohlen versengt.

Za woas is des gwen? Oanschichtge Nochborn, schweinisch wia Orsch mit Dinei klingts glei. Do kunnst jo frei moana, es tröpelt ihr Bleamö s Wosser dabei.

Dinglich. Auch dem aus Bad Wimsbach-Neydharting stammenden Frührentner Zefirinus Kerndl setzte dieser Anblick gespreizten Handelslehrerinnenfleisches dringlich zu. Was für eine Geilheit! Schuldgefühle wuselten herum, daß Schatten sich darin verfingen. Auferstehung, gar Erlösung. Ein Credo zum Heil seiner Seele. Er dachte, um ebenfalls an anderes zu denken, an eine Photographie seiner Erstkommunion, grinsende, mit Milchzähnen gefüllte, kerzengerade Kindsgesichter, einen Mitschüler, der sich damals lächerlich gemacht. Rot lief ins Fensterweiß der Haut, in Adern, Hühnerfleisch. Was aus diesem Calixtus Auchli wohl geworden ist? Wer? Die Dämonen feixten, und Kerndl ließ seinen Gedanken Lauf, sah den strebsamen, immer blamablen, immer geschlagenen Mitschüler als Bürgermeister von Bad Mühllacken eine stattliche staatliche Existenz aufbauen. *Sicher hat der was erreicht, ich spüre es, aus dem ist was geworden, zum Zweifel war der stets zu dumm, naiv war der, naiv genug für eine Karriere.* Antichrist. Leben, murmle ich, Gähnen breitete sich aus, ein neidzerfressener Kobold war darin Kapitän, tollte sich. Ahoi.

Auchli freilich war davon entfernt, litt Bulimie, vom Notstand lebte er, den er wie einen Finger in den Rachen zwang. *Immer den Demütigen spielen, immer Dankbarkeit.* Fontänen schwellten Übergang, die Augen wollten auswärts gehen. *Warum denn immer an das eine denken?* Er war dabei, mit einer Kugelschreiberhülse Grind aus einem Ohr zu holen, daran zu riechen, Kügelchen danach zu formen, seiner Freundin Graus. *Jetzt such dir endlich eine Stelle, Schweindi.* Arbeit war gemeint und Antichrist. Auguste Aust hatte es satt, wie dieser Nichtstuer sich am Verzehr ihres Kellnerinnensalärs beteiligte.

Da. Die Toleranz war ihr versiegt. *Ich ärgere mich so, daß ich gleich essen muß. Und dann bekomm ich niemals einen Stern.* Wenn das so ist, beschloß sie, ziehe ich zu meinem Bruder. Wenn das so ist. So!

Und wenn sie aber kommt? Die Luft war plötzlich voll mit schwarzem Rauch, der in den Augen brennt und in der Kehle beißt. Die Zellen haben sich geteilt zum Maulbeerbaum.

Da. Da hätte sich Urbanus Aust aber schön gefreut. Der sich bei jeder Gelegenheit in einen Spiegel sehende Schönling empfing turnusmäßig Herrn, ihnen Einblick auf seine in Strapse versprochene Person zu bieten. Davon lebte der. Da. Da Urbanus außerdem am inneren Wörterhören litt, war er dauernd im Disput. Die Stimmen rührten ihn um, setzten ihm zu, stachelten ihn an. Drückten ständig gewinnbringende Geschäfte in ihn rein, die dann trotzdem, irgendwelcher Kausalitätslöcher wegen, regelmäßig verlorengingen. Ich murmle

Dreck, nein, will etwas. Da. Nachdem er so sein Vermögen verspekuliert, seine Kreditwürdigkeit verspielt, sah Aust es ein, daß nun ein Heilpraktiker unumgehbar war. *Ich nehme wahr und bin, doch lösen muß ich es mit mir. Was ist darin, was will aus mir heraus, gesagt ist es schon still. Irgendwo findet die Meldung statt, daß das und das passiert. Etwas Registrierung ist im Hirn. Doch was geschieht mit mir? Wo bin ich, will ich hin? Was behauptet sich dann da? Mit Kopf?* Kaum ist die Sonne aufgegangen, beginnen die Eingeborenen mit Hohlmuscheln, Trompeten und Trommeln einen gräßlichen Lärm zu vollführen, in welchen ein wilder Kriegsgeschrei sich mischt. Jodeln nennen sie es selbst.

Leider stieß er, Aust, ebenfalls auf seine Stimmen horchend, ausgerechnet auf den Kurpfuscher, Hochstapler und Möchtegern Pontianus Salzwimmer, der mit Handaufsherz, Heileheilesteinchen und spiritistischem Spiritus seiner Klientel die Kinkerlitzchen aus dem Klingelbeutel zog wie der Schnupfen den Rotz aus der Nase. Würmer. *Die Leute brauchen fast ihr ganzes Leben, draufzukommen, wo sie sind. Und wenn sie es dann wissen, wollen sie nur weg, wo anders hin, wer anderer sein. Sie sind ja gleich bereit, man sagt nur Hilft, schon hilft es ihnen, alles und daran, die Leute wollen, blöd sein wollen sie. Dürfen obendrein.* Mann gegen Mann. Schon ist die Zellkugel ein Embryo.

Da dem Scharnsteiner Scharlatan aber – von der Herkunft abgesehen – nichts nachgewiesen werden konnte, außer die Entwendung eines Aspersoriums, worüber sich vor allen Dingen der geschädigte Dechant Anterus Pixner kränkte, denn was soll das dann für eine Kirche sein - ohne Weihwasserbehälter?, mußte der zuständige Polizist Fabianus Schlimkowits dem durchtriebenen Treiben Salzwimmers zusehen, tatenlos. *Da kann man nichts, und machen muß ein jeder, glauben ja, die Leute, so eine Polizei, die ist für alles da, räumt ihnen jeden*

Mist, aber selber, selber wollen sie es nicht. Davon hängt es ab. Wovon sagt man ihnen nicht. Nicht daß du einkehrst in mein Haus, würdig bin ich nicht. Du kommst. Die Halbgötter jodelten vor Glück, während ein Hagel von Steinen, Wurfspießen und Pfeilen auf die gutgeschützten Leiber der Christen niederprasselte.

Nebenan litt Pixner an dem Wahn, daß man ihm jedes stehlen werde, alles Bewegbare an Welt, warum er *Herr verzeih* die Reliquien, das übrige an Kitsch, sogar den plumpen, in der Hinterglastechnik gefertigten Kreuzweg der Hobbymalerin Gertrude Rübentrüdinger mit kleinen Sicherheitsschlössern ankettete, was der Glaubensgemeinde nicht zu glauben war. *Verzeih mir, Herr.* Entsager bejahen nicht. *Da hat der Spaß ein Ende. Aus.* Der stämmige, aus Bärnkopf stammende Polizist war machtlos. Das war wie mit seiner Akne, gegen die sich auch keines der probierten Mittel jemals als probat herausgestellt. Aber auch dafür kannte der Salzwimmer Mittel, Wege, nämlich den ersten, an Vollmondtagen gelasse-

nen Urin, mit dem sich Schlimkowits seither einzureiben hatte. Trost. Jedem bleibt es überlassen, ob er sein Leben ändert oder nicht. Was in der Glaubensgemeinde sonst passierte, interessierte ihn ja nicht. *Und ich?*

Ganz schön oho. Sechs Millimeter groß.

Dem Uniformierten war es egal, ob Kirchenaustritte oder was, auch daß Cornelius Pemperer die Kirchenzeitung *Gottesroute* mit Beschimpfung füllte, Haß. Pemperer war ja als kleinkarierter Itüpfelstreiter und Reithans verschrien, der ständig einen Zaun fand, Sticheleien abzubrechen, weswegen er auch eben jetzt von Navazianus Loor, gegen den er jahrzehntelang zu Acker und ins Streitgeflecht ihn strickte, erschossen wurde, pflug. *Der. Der die, die das. Die die, die das dem der, der die, die das. Die die, die die die, die der, der der der, der das, das das. Dem den, dem den, dem den das, das der. Wie armselig. Das Herz, es schlug.*

Loor war nicht nur Waffennarr, sondern auch allen Erneuerungen feindlich zugedreht. *Die wollen Werte uns verschachern, Tugenden alt aussehen lassen, haben keinen Sinn, für nichts, und wollen nicht, wollen nicht verstehen, Traditionen und Familie, nur Neuigkeiten und Boulevard. Experimente, wenn ich das schon hör, das Leben ist mir doch kein Spielplatz nicht.* So gründete er seinerzeit eine die gefalteten Herzen heißende Vereinigung von Antimodernisten.

Der Tod, der Tod. Und wenn er aber kommt?

Loors emsigster Handlanger war der Fleischermeister Lucius Amlacher, der ungewöhnliche Sittlichkeitsstrenge exerzierte. Dabei hatte er bloß Angst vor Sex. *Das viele Fleisch, die Frauen, ihre Launenhaftigkeit, das es zum Fürchten ist, zieht sich alles mir zusammen, widerlich und bitter, ungestillt. Brechen wollen sie, ja mich beugen, knicken, knien sehen.* So erließ er eine Vorschrift, die jeden Körperkontakt verbot, weshalb Sturzhelm, lange Unterhosen, Stutzen und Handschuhe bald Vereinstracht wurden, was sich freilich bereits im Sommer als unhygienisch herauskristallisierte. Manche verloren die Nägel, andere ganze Gliedmaßen. Besonders die Frauen der vereinigten Faltherzen waren entsetzt. *Das stinkt, das Salz. Und davon hängt es ab.* Wie groß war ihre Enttäuschung, als sie in den Hosen nur gedörrte Ratten, übelschmeckende Beeren und eine breiige Masse fanden, die von Maden durchsetzt war. Obendrein.

Jessica Jesserer hat ihren Loor gleich versetzt, um mit Stephan Antic eine Zukunft zu verplanen. *Wir bauen uns ein Nest, und außerdem will ich noch Sex, ich will gebären, etwas wachsen spüren in mir drin. Denn es ist nicht gesagt, daß Kinder nur verhindern und ein Holzklotz sind. Genetische Repliken. Nein, sie beschleunigen und machen fest, das ewig Unverbindliche bekommt mit ihnen erst den Sinn. Und Sex will ich, mich*

ausleben. Schnittpunkt, Strich. Der aus Faak am See stammende Kranführer nützte mehr die finanziellen Möglichkeiten und sagte sonst, damit er seine Ruhe hatte, allem Ja und Amen, ohne das verwobene Tuch aus Zukunftsspinnereien tatsächlich zu umgarnen. Soll sie doch alleine spinnen. *Unbedeutende, von Knoten volle Schnüre niederer Genüsse, ein Wunschkonzert billiger Triebe, teuer ist da nichts, geht es mir um mehr.* Der Faaker mit der Magyarenbacke träumte vom neuen Großungarn, das von der Mongolei bis Finnland und in neuer Herrlichkeit erstrahlen sollte. –Wirst sehen, sagte er gerade jetzt zu seinem Vorgesetzten, das vereinigte cisleithanische großungarische Großungarn ist die einzige Alternative zu diesem Europaopapa. Budapest statt Päderast! Die einzige! *Wirst sehen. Glaubst ich rede Scheiß, sagst Blödsinn, aber wirst schon, wirst du sehen, und dann sagen, Recht, der Antic, der hat recht gehabt. Warte nur ab, zwei, fünf, vielleicht auch zwölf Jahr, dann wirst schauen, wirst du dann.* Der Embryo entwickelt sich zu einem 2, 3 Zentimeter großen Erdnußleichtgewicht.

Sixtus Brenneis konnte mit solchen Spinnereien natürlich nichts. *Blödsinn. Soll schauen, daß er weiterkommt.* Er wollte Ruhe. Bloß kein Engagement. *Diese ganzen Fantasten, mit ihren dauernden Ideen. Sollen sie sich ihre sogenannten Meinungen doch sonstwohin abtreiben.* Die Seelen sind verstrickt, mit Sachverhalten zugeschüttet. Jeder glaubt, er besitzt der Wahrheit größtes Stück. Für Politik interessierte sich der in Bocksdorf geborene Gerüstebaumeister nicht. Der Gerüstebau ist parteiunabhängig, ja geradezu autark. Es stürzen ohnehin auch ohne ihn genug ab. Niemals. Nie etwas mißbilligt. Nie sich für was eingesetzt, nie. Nichts hatte ihn ergriffen, nie. Hungersnöte, Folter, Vergewaltigung, ihm wars egal. *Ich habe mich immer nur für mich interessiert, mein Körper nur, sonst nichts.* Vielleicht die Frau, Tamara Brenneis, die sich dauernd über seine infantilen Eigenschaften ausließ, meinte, ihn mit Erziehung ausstopfen zu müssen, ihm verbot, sie *Schnuckimausi, Hasigutzi* anzureden, was den armen Sixtus grau vor Schweigen werden ließ. Sollte er denn Frau? *Was will sie? Was darf raus? Alles falsch. Immer.* Er fluchte, fluchte ohne Unterlaß. Scheiße. Diese laut. *Mein Gott verzeih.* Die Nachricht von der bevorstehenden Schlacht hatte sich im ganzen Land verbreitet. Überall drängten sich die Eingeborenen, begierig, das Schauspiel zu erleben. Sogar Frauen und Kinder waren zu sehen.

An dieser Stelle landen Außerirdische mein Gott. Wie Föten sehen sie aus.

Da stolperte Dionisius Hintringer über ein Worüber, daß seine Bekanntschaft sich darüber amüsierte. *Hoppala.* Das Sein sein lassen. Ein Netz verstrickter Lachknoten umfing sie beide. Quaquaqua. Gleich würde sich der arbeitslose Tischler loseisen und die nur noch mit drei Fingern vertaute Mole seiner Hand

mitten in die offene See des Gesichts von Karin Kringler schlagen, worauf sie *Fang!* zwei Zähne spucken wird. Jetzt reichts, wird sie mit Aber sagen, gehen, eine Tür zuschlagen und mit Felix Achterl ihren Neuen suchen. *Blöder Hund. Was Zähne kosten.*

Achterl stand gerade an, eine Fahrkarte nach Bruck an der Aschach zu lösen, wo er den Gero von Hitarus sehen wollte, was weder Rassehund noch Adeliger, sondern ein koreanischer Personenwagen ist, der seine Augen funkeln ließ. *Mensch, das'n Schlitten, was für Luxus, eine Wuchtkarosse. Wumm, ein Karren zum mit Weibern fahren, ein Auto gewordener Abschleppdienst, der mir gehören muß.* Dem Pressephotograph war ein Eigenes nicht mehr entbehrlich, wurde er doch ständig zu irgendwelchen Landesligen losgeschickt, die da aktiven, nicht gerade hellen Rauhbeiner abzulichten, klar und dicht. Eine nach grundloser Barmherzigkeit schreiende Arbeit, die er trotz Kurzfingrigkeit gut beherrschte. Mit seinen komprimierten Gliedern, dem verhältnismäßig hohen Wuchs und einer fatalistischen Nase sah er ohnedies mehr nach aufgeweichtem Zwerg aus als nach dem Frauenverführer, für den er sich so gerne hielt – bestenfalls die zärtlich sich bewegenden Augenbrauen waren gemein, der Rest war frech wie Caspar Hauser. Das dachte auch Margarita Margreiter, die vor ihm stehende Zahntechnikerin, der Achterls kurze Finger in den Hintern langen mußten, ganz von sich, von selbst. Was für eine Erfahrung! Dann wurde ihm der Kopf abgeschlagen und als blutiges Siegeszeichen auf die Pieke raufgesteckt. Sie drehte sich und patzte dem sich überschätzenden Zwergverwuchs eine gehörige Portion Ohrfeige ins verdorben dreinsehende Gesicht. Schon wieder. *Fällt dem ein, glaubt, sich alles zu erlauben. Widerlich. Behandelt mich wie nichts. Und ohne mich zu kennen, glaubt, auf sowas warte ich, glaubt, ich träume nur davon.*

Da grinste der Schalterbeamte Eutichianus Kipferl, der ganz verzehrt und sonst nicht viel zu lachen vor sein Plexiglas bekam. Die Arbeit war ihm derart zuwider, daß er sich einen Bruxismus anerzogen, also ständig mit den Zähnen knirschte, und sich dauernd in die Schleimhaut biß. *Beamter sein, glaubt man, ist nichts, Beamte, sagt man, sitzen nur, sind träge, tun nichts und verschimmeln, aber die Wahrheit, die Nerven sieht man nicht.* Am liebsten hätte sich Kipferl losgesagt, doch wer wollte dann die Alimente für seine sieben Kinder hören? Sie haben keinen Weg, sie werden keinen finden. Bodenlos. War doch Konstanze Kreuzhuber, die Mutter von fünfen, unbedingt darauf verwiesen. Reichte das, was ihr Caius brachte, noch nicht einmal für nichts. Das Ende des Lateins. Quaqua. In dulci jubilo.

Der Hilfsschullehrer Caius Ipser, den eine abnorme Behaarung schmalzig aussehen ließ, arbeitete, kam es ihm vor, nur für die Kipferlkinder. Trotzdem lieferte er seiner Konstanze den Groß-

teil ab. Mit dem kleinen Rest ging er einmal wöchentlich zur Domina Renate Reiherbichler, die den Hilfsschullehrer peitschte und ihn zwang, ihren oft schon ausgerauchten Kot zu kosten. Das war sein Gehören, ihr Dienst zu der Zufriedenheit. *Da kommt er und will schlecken, dafür dresche ich ihn, weil er sich noch untersteht, soll Stiefel lecken, daß ihm das sogar gefällt, verscheißern lasse ich mich nicht, bekommt er meinen Rohrstock noch zu spüren, das ist kein Spiel, sondern harte Arbeit, so ist das, Stiefel lecken soll er, wo kämen wir sonst hin. Perversling, Schwein. Ausgepeitscht, das ist, was ihm gebührt.* So kompensierte Kipferl die Gelegenheiten, die auch ihn in Kinder schlagen ließen. Ohne Verstand. Freud und Leid sind kongruent.

Erst gestern hatte er dem Marcellinus Kornhäusl eine Derartige angepaßt, daß diesem das Trommelfell geplatzt. Auch das sind Früchte einer Arbeit. *Braucht der Mensch.* Aufräumen rhetorisch. Der in Hörsching aufgewachsene Hauptschüler litt zwar unerhörte Schmerzen, traute sich damit aber erst heute zu seinem Stiefvater zu gehen. Indem man Mitleid zeigt, hatte der Prophet verkündet, wird man Selbstverwirklichung finden. Mehr will ich nicht sagen zu dem Herz. Da dröhnte es. Braucht der Mensch. Freiwild für die Hände.

Der Tod, der Tod. Und wenn er aber kommt?

Wieder einmal. Da in Marcellus Aichelrieders Wirklichkeit ein Lehrer niemals grundlos handelt, und also auch sein Stiefsohn, der, obwohl erst vierzehnjährig, bereits 120 Kilo und eine Größe von 1 Meter 90 auf das eidesstattlich Geeichte brachte, etwas ausgefressen haben mußte, wieder einmal, schlug er solange mit einem Schuhlöffel auf ihn, bis sich dieser nicht mehr rührte. Alle Universen war da in seinem starren Ich zu sehen. Ein ganzer Kosmos Sternaquarium. Vermutlich war er tot, der Gigomane, dieser Bastard. Dann würde Aichelrieder

Notwehr sagen, was man ihm schon wegen der Monströsitäten. *So genau ist es ja wirklich nicht.* Ein eigenes System verkünden. Braucht der Mensch. Ein Maulvoll Fruchtwasser und urinieren in sein Bad.

Da nahm er einen Schluck und Eusebius Heinzelmeier, der die ganze Zeit an seinem Mund gehangen, nickte, zündete die Sole einer Zigarette an. –Natürlich, zischelte der Fensterputzer aus Deutsch-Wagram, hat ein Lehrer immer recht, und wenn er auch nur ein Hilfslehrer ist, dann hilft ihm das Recht erst recht, Lehrer bleibt Lehrer. Hilfslehrer hin oder her, Hauptsache Lehrer. Hauptfach. Substantiv. *Bestimmt hat das riesige Scheusal etwas angestellt, aber deswegen kann man doch noch lange keinen Hilfslehrer Ipser belangen, noch lange nicht. Das geht nicht.* Und beide nickten, tranken. Zwei schöne, philosophisch gemeinte Kategorien vereint im Sein. Ist es gerade das, was glücklich macht? Nein. Ein so ein Was? Ich murmle Dreck. Wieder einmal. Heinzelmeier war überdies der Mund wässrig geworden, weshalb er bei der Kellnerin Hermine Herb eine tüchtige Por-

tion Schweinsbraten bestellte. *Ich möchte meine Sehnsucht stillen und nicht daran vorbeihopsen. Weil zuerst arbeitet man sich halb zu Tode, und dann reflektiert man erst. Jetzt will ich den Braten.* Der Dackel Lobkowitz jaulte, und Petrus Bretterbauer fiel was ein. Auch er war ausgehungert. Wartete nicht was?

Arbeit. Das hieß für Miliziades Wamberger, Knödelbrot rühren und Krautsalat schneiden. Kleine Schiffchen, raupengrün. Er entstieg seinem Trägheit abgestandenem See, es roch nach Weggelegtem, platzgehegtem Wund. In seiner dichtbehaarten Achselhöhle rollte er die Knödel, was die Strenge im Geruch erklärte, wie Nylonstrumpf einer Erzieherin, die Heinzelmeier, wär er noch frisch, über alle Stränge seiner Nasenbehaarung geschlagen hätten, nicht zum Schein. *Dort, da, davon wo, wo was wie, verstehst du mich, von wo, dort wo, was da und hier, kennst du dich aus, davon, von da, das sage ich, verstehst du es, ich sage es die ganze Zeit. Kennst du dich aus?* Wamberger kannte den abnormen Alkoholkonsum seiner Gäste, weshalb es ihm unnötig war, die Grundlagen der Hygieneverordnung zu beachten. Ein Flügelschlag Verkommenheit. An wen noch glauben, was? Und abertausend Leichen. Herrliche Kulturen. *Bin ich deppert und tu nur noch putzen? Bin ich blöd?* Noch nicht einmal nach dem Wasserlassen wusch er sich die Hände – insofern fatal, als er der einzige in Österreich lebende Episadiekranke war. Er litt unter einer angeborenen Mißbildung der Harnröhre, die nicht nur vorne, sondern zusätzlich auch an der Penisoberseite eine Öffnung aufwies, somit in zwei Schichten pißte, in alles Dankbare an Denkbarkeit. An einen ledigen Strahl aber nicht. Und wenn er kommt? Es rieselte. Heitererer.

Das hätte Silvester Aussprung, der unbestechliche Prüfer vom Gesundheitsministerium nicht erfahren dürfen. Nicht einmal mit ü. Der Hygienepapst zog es aber vor, sich in den nouvelle cuisine Tempeln die Zufluchtsgänge zeigen zu lassen, worüber besonders seine wechselnden Begleitungen einen Abend schnabulierten. Länger hielt keine die krankhafte Heiterkeit, mit der Aussprung glaubte, alle Salutierfähigen zum ehrerbietenden *Haha* zu zwingen. Was ein Scherz. *Was bleibt denn sonst. Was ernst nehmen?* Witzig sein bedeutet Hilflosigkeit! Da ist er völlig weg von sich, da ist der Schmerz, nichts mehr ernst nehmen zu können, sich nicht mehr sinnvoll auseinandersetzen zu können, ein schmerzhafter Prozeß. Witzig sein ist fast schon tot. Und wenn er kommt? Gerade jetzt verdunkelte sich einem am Nebentisch schwarzärgernden Medizinstudenten das Gesicht, das Fleisch wurde auseinandergerissen und riesige Wolken von Schwefeldünsten stiegen aus den Falten. *In eine Anstalt. Diesen Spaßvogel zum Hausarzt schicken, damit der Chäromanie diagnostiziert, ihm schwere Depressiva gibt. Ekelhaft.* Die Gegend hallte ungehalten, wollte die Samen Lustigkeit nicht mehr ernähren, austragen, gebären. Im Mutterleib haben bereits die Schluckaufs angehoben, bis zu 100 hochgezählt.

Marcus Zeugswetter vertrug überhaupt keine Heiterkeit, war ein zutiefst ernsthafter Mensch, und darauf stolz. Quasi im Alleingang legte er sich an, vertrieb die Ausgelassenheit, wo er nur konnte, ganzen Studentenheimfeiern kündete schon alleine sein Erscheinen Absetzung. Ernst und salbungsvoll, außer seinem Tiroler Dialekt verstand er nichts. Dabei wirkte er oft selbst ein bißchen lächerlich. Er interessierte sich für Aquarien, war ein Fachmann auf dem Gebiet der Fleckentfernung, kannte jeden Kniff, und wäre dennoch gerne mit seinem Gegenüber in das Bett. Die Augen Wasser, die großen Kieselsteine als Gebiß, den Mund damit gefüllt. Das Haar Kastanie. Als die Südtiroler Montanstudentin Deborah Bohrer jedoch Lachlaute in die flachen Aussprung-Albernheiten einzustreuen begann, war sie für Zeugswetter vertan. Angebunden und mit Ruten ausgepeitscht. Da gab es nichts mehr zu vertiefen. Eine scharfe Lauge schäumte seine Laune aus, ihn ekelte. Abgestanden das Geschöpf. Selbst wenn alle Hoffnung in Atem untertaucht, es stockte ihm die Luft. Dabei hatte er extra seinen Studenheimzimmerhocker aufgescheucht, sich anderswo zu setzen. *Wie auf einem Baumstrunk Pilz, nur saugend. Immer rauchend und im Zimmer, soll er auch einmal vom Leben etwas sehen, sich vergönnen. Sich.*

Also saß Julius Antal im Kaffeehaus, schrieb Listen voll mit schiefen Bildern, rutschigen Metaphern, die er selbst Gedichte nannte. Alles wimmelte von Moschus, Blütenbädern, Segelschiffen, Pavianen. *Aber in mir singt noch eine Glut. Ein Sandkorn Unschuld ist hineingemengt, ein Singsang Herbst.* Eben war ihm ein Besonderes geglückt, worüber er sich stolz aufblähte, leise für sich grinste. Zufrieden schnaubte er. *Ich bin ein Freund der Nacht, und ahornblättrig ist mein Mut.* Später würde er seine Freundin Jodoka Kastl damit belästigen, ihr die Besten lesen. *Mundhöhlen voll Wasserhühner.* Antal hatte Verwegenes im Sinn, sah die Germanistik schon an der Schräge seiner Texte abgleiten, hochfeierlich. Dichtung, dachte er, quetscht sich das Leben aus, ist Nektar jedes Spürens. Fühlen gilt es, aus dem Nabel seinem Bauch heraus. Daß im selben Moment seine Freundin in einen Verkehrsunfall gewickelt war, registrierte das poetische Sensorium aber nicht.

Jodoka Kastl war frontal mit Liberius Veigl verschmolzen, hatte kurz, für einen Augenblick sich mit seiner Windschutzscheibe getroffen, was ihr so wie eine Scheibe von dem Brot den Kopf abschnitt. Mit *da kann ich nicht hinschauen* belegt. Auch Veigl war von diesem Rendezvous betroffen, starb am Schock. Und wo bleib ich? Bauernopfer, schachert Gottes Händel Däumlinge gegen zu lange Ärmel. Wie eine Fliege, die unanständig durch das Zimmer surrt, plötzlich ein Eck gesetzt beschweigt, waren ihre Seelen aus der Zeit. Gewonnen haben beide. Verloren hatte Veigl die Herrschaft, geriet mit seinem Reifenplatzer auf die Fahrbahn der Opposition, und stieß *oh Scheiße, nein* mit der entgegenkommenden Kindergärtnerin-

nenfrauschaft zentralistisch zusammen. Sie verzehrten gierig Kröten. Da stand es remis, knacksten die Monarchenbeine, splitterten. Und Lust lief amok, schlug herum, verschmähte Schlangen, Würmer nicht. Die Lust. Die kam aus diesem körperlosen Kopf, abgerissen lag der da wie ein Hütchen ohne Straßenbau. Darin hatte eben noch der Sex getickt, war die Kastl gerade von ihrem Julius gefickt. Wellig ging es da dahin, mit sanften Stößen Zärtlichkeit. Wipfeln in der Frucht, Dralligkeiten. Drang da sich der Torpedo rein, riß auf den Untergrund, ja drangsalierte. Ich. Ich werde nie vergangen sein.

Und wenn er aber kommt? Vom Donner zerkratzt, vom Hunger entstellt?

Damasus Amböck hatte das gesehen, der *Bumm, da hats gekracht* froh darüber war, keinen Erste Hilfe Kurs belegt, und also auch keinen berühren, gar beatmen mußte. Geschmolzen roch das Zeug, schmutzig sah es aus und Amböck überlegte. Kotzen oder Hilfe holen? Schon stieg etwas auf, und blieb dann doch hineingedrückt. Wie *Plumps* in einem Münzautomat verfing sich die Entscheidung, zeigte etwas an, Betrug. Dann hechtete Damasus Amböck in das nächste Telephon, zündelte an ihm bekannten Nummern. Sein Gedächtnis flammte auf, brannte die Zündschnur seines Dochnochs ab, ein Feuerwerk. Als erstes brandelte er bei der Auskunft an, dann heizte er dem Weckdienst ein, doch drittens klappte es.

Der Anruf schreckte Himmel die ihren Zivildienst leidenden Rotkreuz-Helfer Siricus Fleischanderl und Anastasius Amor auf, die sofort stöhnten: wieder Leichenteile, wieder Tote, Winde, Schrott. Fleischanderl war gerade dabei, sich mit einer Stecknadel ein Gerstenkorn aufzustechen, was beinahe ins Auge gegangen wäre, und Amor sah sich eine Talkshow an, worin ein Albino über sein Ozonloch sprang. *Das Licht, es blendet, heftet Röte in die Haut, dem Wetter nicht mehr in die Augen schauen.* Bewaffnete Haufen ziehen durch die Stadt, UV-Gesindel.

Innozenz Aichenfurt bekam einen schönen Batzen für seine klobige Episode, die ihm die Moderatorin Arabella Schießmauer larvig aus der Nase klaubte, dem zu Schein verworfenem Licht. Alles andere als wortgewandt, der Kiesgrubenbesitzer schotterte, näselte, gab unanständige Pfauchlaute dazu. Da freute sich Moderatorin samt Publikum auf die Ablösung, den Alpinisten und Alphornbläser Zosimus Hemetsberger, der im Alleingang 36 Viertausender bewundernswert erstiegen hat, da ihm der letzte Krieg ein Bein abbiß. Seither ist er russophob sowie ein Anwalt des Behinderten, *nein, nicht Behinderte, man sagt Versehrtensport.* –Es ist, so sagte er, unbedingt, ja notwendig notwendig, daß den Versehrten mehr Raum befahrbar wird. *Weil das ja wichtig ist, das interessiert. Ich treffe immer wieder Menschen, die mir sagen Zosi, Zosi sagen*

sie zu mir, man möchte etwas von euch sehen. Am Anfang ekelts noch, lacht man Verlegenheit um die Prothesen, doch nach und nach gewöhnt man sich. Und so etwas sagen Unversehrte mir. Aber solange diese staatlichen Anstalten über fremde Völker, Kultur und Kunst berichten, ist eine Verbesserung nicht zu erwarten. Doch. Das ist ungerecht. Wo bleibt die Chancengleichheit da, wo das olympische Prinzip? Gut, vereinzelt gibt es so etwas wie Licht, Blicke, denen die Arabella Schießmauer natürlich leuchtendes Vorbild ist. Rechtes Bein, drei, vier. Da klatschte das dafür bezahlte, mit selten stupiden Gesichtern bepackte Publikum, und die moderate Moderatorin setzte sich ihr hoch versichertes Lächeln ins Gesicht. Oh, große Gunst. Das heißt Gesellschaft leisten, Gast.

Bonifacius Gach schaltete ab und stürmte das WC, sich Linderung auf die Analfissur zu streichen. Ein Waldbrand den dort hausenden Bakterien. Dabei schwindelte ihm der Ravenna Karl durch den Kopf, der ihn um Zinshäuser betrogen, und nun hoffte, ein Vermögen zu ergaunern, der Halunke. *Wenigstens das Altbauobjekt in der Eulalienstraße werde ich sanieren, die Altmieter vertreiben. Denen das Gesetzte unter ihrem Hintern wegsanieren, bis daß sie betteln, ausziehen zu dürfen, mir dann daran ein goldenes Gesäß verdienen. Tamdaram. Aua.*

Der älteste Mieter in der Eulalienstraße war Coelestin Affengruber. Und der dachte nirgendwo daran, seine Wohnung gegen eine andere zu tauschen. Hier war er gezeugt, geboren, aufgewachsen, alt geworden. Hier wollte er auch enden. Ausgebreitet in dem kleinen Zimmer, Küche, Kabinett war Heimat das Gefühl zu Hause, er privat. Das ist die Wahrheit. So mirnichtsdirnichts läßt sich ein ehemaliger Staatsmeister im Speerwurf nicht verwerfen. Verachtung stocherte ihn auf und sabberte. –Wenn es wirklich hart auf hart kommt, habe ich immer noch den Neffen, den von der Partei, der wird es diesem Hampelmann schon zeigen, ist auf ihn Verlaß, schließlich, wofür hat man die Verwandtschaft, jahrelang beschenkt, als Familie getarnt jedes Theater mitgemacht, haute Affengruber auf den Putz, der bröckelte Jahrzehnte Zölibat. Der Rentner warf die Unverschämtheit der Hausverwaltung fort. Jedem das seine. *Was will man denn von mir?*

Du solltest cirka 30 und fürs Leben sein, ohne Vorurteile, mollig, blond und möglichst gleiche Hobbys haben, nur mit Bild.

Der Landtagsabgeordnete Sixtus Brunshirn war mit Anzug zugeschürt, verstrahlte herbes Aftershave beamteter Autorität, ein Granulat an Reserviertheit. Keine Spur von Neffenschaft, befand er Hände schüttelnd im Geröll versteinerter Gesichter sich, nur die Augen waren frisch, auf Gratulationstour bei den Hundertjährigen. Lieb verkrampft, doch unabwendbar, den Bezirksblättern Eindruck vorzustellen. Jedem Jahrhundert einen Geschenkskorb voller Konserven, Gurkengläser, Keks,

eine Ehrenplakette in die mit Altersflecken übersäte Hand, strahlte Brunshirn in den Linseneintopf Photograph. Sein Lächeln angebrannt. Das muß die Wahrheit sein. Mein Gott. Eine Kaffeejause war obligat, was gerade bei den sich selbst versorgenden Alten oft peinlichen Aufschnitten das Stichwort sozusagen gab. Nicht selten soufflierten oxidierend grüne Brote *Bäh,* ausgerauchter Malzkaffee und Liköre zum Finale, die den 70er zu feiern debütieren. Dem Anlaß angemessen ausgebuht. Da mußte der Erdberger Politiker immer passende Zitate finden, denn verärgern durfte man die Alten nicht, sonst fielen sie in irgendwelche, allen Beteiligten durch die Hosen pfeifenden Abonnenten-Monologe, die den Politiker mit Kaiser, Hitler oder einem seiner Reichsgauleiter identifizierten. *Das ist schön, Herr Dolf, daß Sie einmal, wo ich doch damals die Wohnung von dem Jud.* Tja, sinnierte Brunshirn, so frivol hatte er sich seine Karriere nicht gedacht, viel friedvoller. *Was wollen die von mir?* Und Anfeindungen in einer Tour, täglich Beschwerdebriefe von einem Cornelius Pemperer, der sich über irgendwelche Sicherheitsschlösser mokierte, und nun noch eine Briefbombe, *die Leute sind ja feig,* die aber Gott sei dank der Ferialpraktikantin Natascha Schaden in die Frühstückspause platzte. Zu seiner Rechten hingesetzt. Leider trennte sich dabei der linke Arm vom hübschen Wienerwald-Mädel, sagte Baba, riß aus, wurde aber gleich gefangen, in tiefgekühlte Erbsen eingepackt und wieder angenäht. Erhöre uns. Das machte auch dem Absender die Freude abgehangen. Was sonst könnte er tun? Gebenedeit unter den Neidern.

Leo Auf der Mauer hatte sich beschlossen, der Überfremdung einen Riegel vorzuschieben, nicht aus Schokolade. Dreifach in Person, solo in der Wesenheit. Das Aufgestaute ins Überlaufen brachte ein gewisser Antic, der ihm ein großmagyarisches Reich aufdrängte, davon schwärmte. Herrschaftszeiten, schnaubte da der in Kurzatmigkeit gepreßte Auf der Mauer und beschloß, auf jenem Politikerpolypen eine mit Unkrautsalz gepfefferte Bombe zu spucken, der das Asylantenheim einbrockte. *Soll er aus Schläuchen saugen*. Erbarme dich. Daß Brunshirn wie ein Trabrennpferd eingesprungen war, wußte Bluthund Auf der Mauer nicht.

Ilarius Kittel war vorgesehen. Doch der Hobbykoch hatte sich beim Erfinden der Kittelsoße, mit der er in die Gastronomiegeschichte einzugehen hoffte, eine Darmgrippe erzogen, die ihn für Tage aus sich laufen ließ. Erbarme dich.

Nun experimentierte er schon wieder, verköstigte mit *Hmm, das ist lecker* den Stromableser Simplicius Tscherfinger, der weniger dem Essen als vielmehr dem Chor der vielstimmigen Bibliothek verfallen war. Weltgeschichte wollte er sich nennen, und nicht Mensch. 20.000 Bände hatte er bereits gehamstert. *In Büchern steht das Leben, steht die Welt. Lesen will ich, hinein in diese Auch-Realität.* Sein Einfamilienhäuschen war vollständigst mit Büchern ausgefüllt, sogar in

der Küche, im Badezimmer und unter der Toilette stapelten sie sich, darunter seine Frau, Frederike Tscherfinger, die litt. Erhöre mich. So tranzendierten die Bestimmungen, die Bücher transpirierten Leseschwitz, den Staub der Antiquariate; die Ehefrau den Schweiß der Eingemauerten. Sie wollte Kinder und bekam nur Mitbewohner aus Papier. Erhöre mich. Unreinliche, nach Moder riechende Staubfänger. *Sag mir doch Ich liebe dich, und nicht Ich hab dich lieb.* Sogar in ihren Träumen ertrank sie im ungeheuren Meer Gedrucktem, Sonderstatus Buchstabe, seitenweise umzingelten sie die, rissen sie hinein, zogen sie hinab, weshalb die Leidgeprüfte *Luft! Ich ersticke noch* beschloß, ihren geliebten Bücherplücher abzusetzen, Punkt, sich die Pflege ihres Vaters anzutun. *Der sagt mir, daß ich toll bin und ermuntert mich zu mir.*

Felix Czucker lebte in einem kleinen Schrebergartenhäuschen und war darauf konzentriert, sein Paradies mit Büchsenfleisch, Einmachgläsern, Gartenzwergen anzufüllen, von denen er bereits ein ganzes Heer besaß. *Meine kleinen Freunde sind die einzigen, die mich verstehen.* Das war wahr. Die Sinne schwanden hin. Denn alle anderen Schrebergartensiedler konnten dem kauzigen Alten nur wenig abgewinnen. Falten dem Gesicht. Sein Nachbar mied den Gartenzwerggeneral generell. Den mied Nachbar sein Gesicht. Wie sehr.

Gelasius Anhalt mied auch alle übrigen, alles Treiben, sündhaft oder pflanzlich. Vor Jahren eine Postsparkasse in Fels am Wagram überfallen, lebte er seither unerkannt sein Hüttchen, worin er sich die Zeit verrieb, Puzzles nachzustellen, zu pappen auf Karton. Gerade jetzt vollendete er das letzte, hatte damit alle Ravensburgerschen Motive, und somit, wie er eitel wußte, seinen Lebenssinn erfüllt, alle Sünden dieser Welt. *Ich bin ein schwieriger Mensch nach außen hin, doch innen ruhebedürftig, still*. Nun konnte er sich in das Buch der Rekorde tragen, später auf die Polizei, seinen geschnappten Komplizen wiedersehen. Was sonst? *Alles Gesagte habe ich gesagt, nichts bleibt*. Als ungekrönten Puzzle-Meister würde man ihn sicher mit Vergünstigungen verköstigen. Was glauben Sie? Vielleicht offerieren, den Gefängnishof mit einem gigantischen Puzzle zu erfreuen? Große Liebe klang da an. Engelsspeise. Natürlich konnte Gelasius nicht ahnen, daß seinem Kumpan genau in diesem Augenblick ein Fluchtversuch gelang. Dich. Das. Auf. Den. Zu. Benesch. Und. Sesamöffnedich. Einfach. Marsch. Anastasius.

Anastasius Benesch marschierte einfach auf den Gefängniswärter zu und sagte *Freigänger*, das Sesamöffnedich. Bereits zuvor hatte er dem Betreffenden vorgelogen, daß es heute soweit sei, was plötzlich stimmte. Anstandslos durfte der Postsparkassenräuber gehen, war sogar Benesch überrascht. *Daß das die Wahrheit ist?* Auf Wiedersehen. Ein Astloch Puls durchzuckte ihn. Er würde nun Simmacus Tengg aufsuchen und ein Neues planen, ein Zelt

über sich schlagen, neues Sein. Was nützen Genüsse außerhalb der Gnade? *Ich hab da schon einen, weißt du, Plan.* Auch Gelasius Anhalt wollte er wiederfinden, seinen Anteil einzufordern. Schuld ist eine Eigenschaft und kein Vertun. Erbarme dich.

Tengg hatte die Rauberei schon aufgegeben, lebte nun vom Leute erschießen und verdammt nochmal Schutzgelder erpressen, stand eben jetzt in einem Waffenladen, sich einen Schalldämpfer anzusehen. Das ist das Schlimmste. Nicht bei sich sein. Warten. Verdammt. Das Schlimmste ist herausgeschält zu sein, weggelegt aus sich, und müssen. Müssen ist das Schlimmste. Immer wieder Gedanken denken müssen, immer wieder hineinzufallen, wegzudenken, abzurutschen, wieder von vorne zu beginnen, Jesus sehen, verdammt nochmal, während wie Spinnenbeine sich Stämme in ihr Wäldchen legten, Eidotter, die sind die Schlimmsten. Ich und du. Verdammt.

Vorher war Ormisda Zangenfeind an der Reihe, der mit leicht verschämtem Blick eine Steinschleuder begehrte, die seinen Balkon umsäumenden, alles zuscheißenden Tauben zu verscheuchen, hinwegzunehmen von der Welt. Der aus Faistenhaar stammende Zahntechniker war es gründlich grün, jährlich den Kot vom Fleisch der Klinker abzuwienern. *Halten tut das Zeug wie eine Muschel ihr Gehäuse.* Derart wetzte sich der Frühling ab. Hat man ihn schon satt. *Tierlieb bin ich, tu keiner Kreatur etwas, nur wenn sie übertreiben.* Auch seine Frau Gemahlin, Zacharine Zangenfeind, rechtmäßige Austragerin von regelmäßigen Kaffeekränzchen, war kompaßnadelig irritiert. Ihr guter Ruf stand auf dem Spiel, war doch besonders ihre Freundin Justine Alberer als eine wandelnde Austragung verschrieen, Medium zu jedem Tratsch. Und da sagt man immer, Tauben seien verträgliche Wesen, lieblich gurrend, intelligent. *Mag ja stimmen, aber ich geh auch nicht einfach her, und erkläre den Garten meines Nachbarn zum öffentlichen Örtchenlauf der Zeit. Zum Scheißhaus! Sicher wird die Alberer heru-*

merzählen, daß wir Schweineställe sind und Ferkelisten, eine klaffende Wunde Unordentlichkeit. Den Kopf ab, auf die Pieke raufgesteckt, und aufgestellt am Platz der Eitelkeiten.

Das Medium Justine Alberer war freilich mit einer ganz anderen Schwierigkeit blockiert, hatte ihr doch der Klassenvorstand ihres Sohnes die Tiefe abnehmender Leistung aufgetan. Wie ein Gewinde schraubte es sich da hinab – hinein ins Mißverständnis. Will doch eine Mutter nicht. Was werden da die Freundinnen? Was für ein Klatsch? Der stahl sich durch und zurrte fest. *Die faule Sau.* Also suchte sie sich ihren Filius, ihn anzuspornen, eine Lernhilfe zu unterbreiten. *Ich erbarme mich.* Johann Alberer selbst war durch diesen Meßbecher Erziehung, der ihn in Person einer schallenden Ohrfeige *Patsch* belehrte, innerlich verletzt. *Die ist gemein, gemein ist die, die Mutter, diese Sau. Die weiß ja nichts, von nichts.* Er stürmte in sein Kinderzimmer, sich unter der Bettdecke zu ersticken, was naturgemäß mißlang. Sich selbst unter einer Bettdecke zu ersticken, ist praktisch faktisch unmöglich. Er wird noch viele Watschen fangen.

Frei fliegende Watschen sind nicht naturgeschützt, Wangen stürzen sich darauf, erlegen sie. So ist die Welt. Prunkvolle Wut war dem Palast seines Ärgers zugesetzt, feingeschliffene Eitelkeiten. Fußballspielen ging er nicht. Das war das Schlimmste.

Also versuchte Felix Diridl, der bereits in der Nachwuchsmannschaft von Ajax Grenzgraben spielte, alleine mit dem Ball ein Spiel zu tragen. Wenn der Hansi nicht kommt, dann kommt er nicht. *Und Madonna, spielt zu Tele, der zu Beckenrauber, Sforza, aber da, ja, ja, es ist Diridl, der den Weltmeistern den Ball abgenommen, und immer noch ist es Diridl, setzt sich durch, umspielt die gegnerische Abwehr, Gurke, Diridl, immer noch Diridl, schießt, und der Ball, der Ball versenkt sich im Jawohl. Tor. Toor. Sensationell. Und jubelnd läßt er sich feiern, das Publikum, die Fans sind aus dem Häuschen, ja, ja, was ist das, ja, einer läuft ihm sogar hinterher.* Ein wild begeisterter Anhänger versucht den Ballester zu greifen, aber dieser läuft davon, der Fan kommt nahe, näher, greift, nein, kommt ihm doch nicht nach, bleibt stehen. Keucht. Oh Gott erbarme dich.

–Schießt mir einfach das Garagenfenster ein, dieses Saugfrast, schimpfte Bonifacius Bochskandl. Aber eines Tages erwische ich den schon, war er sich sicher. *Habe doch genau gesehen, daß es wieder dieser Diridl, diese Krätze.* Und alles hallte wider. Doch Bochskandl war kehrtgedreht, schließlich hatte er Maßgeblicheres vor, war doch Johann Breitschädl zu Gast, bei einer Verkostung selbstgebrannter Schnäpse mitzutun. Das Herz eines jeden kann dabei Beträchtliches studieren, die Leber erst. Besonders der Birnerne war diesem Jahr geglückt. Und davon hatte der Breitschädel auch bereits ein solches Quantum intus, daß sich alles in ihm drehte, die Bilder und Geräusche sich nurmehr wie durch eine Schaumstoffwand zu ihm durchschmuggelten, unverstandenes Asyl zu finden. Gerade ist er wie in Zeitlupe von seinem Stuhl geplumpst, hat es ein leichtes Rums in seinem Kopf getan, lief langsam, langsam lief das Hirn heraus. Es rief dabei noch *Hurenhaus, Hornissenlaus, Bauernschmaus.* Und dabei dachte es auch ans Versprechen, seinem Cousin Zement zu mischen.

Der Tod, der Tod. Und wenn er aber kommt?

Noch dieses Jahr wollte Agapetus Arslan sein Haus auf allen Vieren sehen. Unter Dach und Wärmedämmung. In diesem Moment aber saß er in seinem Und und fuhr in Richtung Wo, wo eben seine Lebensgefährtin Franziska Zapferl einen gesunden Zur zur Welt gebracht. Der Gebärneid hatte dem Vater ein kleines Bäuchlein aufgebrummt. *Auch ich bring etwas in die Welt.*

Silverius Zapferl hing noch ungetauft am Nabel, schrie. Mehr hatte er noch nicht zu sagen. Die Gefühle gerannen erst. Da klopfte ihm der Arzt aufs Popscherl, gratulierte beim Wort genommen seiner unbeschwerten Mama, nahm dem Mund

die Maske und ging in den Gang, sich eine Zigarette anzuheizen. Virgilius Sterrer war brennender Kettenraucher aus Prinzip. Ein Dogma, sagte sich der zum Chirurgen hochgezüchtete Landwirtssohn aus Gachenbach am Gach, braucht der Homo rübenlasterhaft. Es wölkte Nike, Göttin aller Nikotine. Natürlich wußte Virgilius Bescheid, Rauchen schädigt, fördert Krake, so hieß ihm das Geschwülstete am Tod. Was solls? Der Rauch verfängt, er engt die Adern ein, und das bauscht auf, berauscht. *Ich war ja nie begabt, für nichts. Durchschnitt nur und Mittelmaß. Dabei. Wie gerne hätte ich wo rausgeragt, wäre wo erschienen, vorgestanden, einer Spitze aufgepflanzt.*

So war d'accord auch Pelagius Nachtnebel eingestimmt, der dem Arzt mit Feuer auch noch ein Gespräch abbot. *Darf ich Sie bitten?* Ein Rasenmäher hatte dem Gewürzmittelimporteur zwei Zehen abgeschoren, also stand er schräg. Zwei Tage noch, dann würde man ihn *ist auch Zeit* entlassen, wollte er doch unbedingt die sich in Sittendorf übertreibende Motocross-Meisterschaft sehen. Schon alleine seines Namens wegen paßte Sittendorf als Ort. Andererseits gab es gerade dort eine Niederlassung vacierender Sittenrichter, die aber selbst mit einem Riesentrichter Dung gegen die Unsitte nichts ausrichteten. Auf ihren Hüften trugen sie goldene Keuschheitsgürtel, symbolische Bretter schnallten sie sich auf die Stirn. SKV hieß ihre Zunft. Scheuklappenverein. So oder so erzählte Nachtnebel dem Mediziner, war er der größte Fan von Czermak, der Gallspacher Hoffnung per se. *Sogar ein Autogramm ergattert. Ihn abgepaßt und dann gesagt, es ist ja fürn Sohn, fürn Sohn, verstehns? Erbarmt er sich. Fürn Sohn.*

Das Volk sagte sich, daß das Recht am Ende doch siegen müsse.

Und wirklich war Johann Czermak am Trainieren. Er wollte aufhorchen lassen, durchstarten und vor seinem Sponsor nicht versagen. Immerhin verdankte er es hauptsächlichst dem Gaspoltshofener Ziegelfabrikanten Benedikt Achatz, laufend auf dem Neuesten zu sitzen. Da mußte sich Czermak schon tüchtig ins Zeug, vulgo den Dreck legen. Schließlich ging es um die Ehre, die in Meisterschaft des Selbst bestand, in schneller Schnellster sein. Wrummwrummm vor Zeugenschaft.

Ein Schreibtischjodler Duliöh. Wetterherren sind am Werk. Dunna räuspert sich und grollt. Kann ich etwas dafür? Mehl fliegt in die Luft. *Friß und geh, Verhungerter. Das Zimtland ist woanders.*

Achatz stutzte, war gerade einer Socke auf der Spur. Nicht um irgendeine x-beliebige Socke war ihm gram, sondern um seine liebste, in der der Sturzhelm dominierte. Dazwischen lagerten ins Unanständige posierte Damen ihre drallen Üppigkeiten zuchtlos ab. Den Zehen Augenweide. Ein Angebinde einer Verflossenen, ein Sack Erinnerung, mit Fußschwitz voll. Nun blieb

dem Gaspollshofener auch davon nur der halbe Teil, der andere verschollen. Denn eine einzige Socke, besagt schon eine Traunviertler Bauernregel, ist weniger noch wert als keine, fehlt doch das Leid, Erinnerung, das Drumherum. Sicher ist seine Haushälterin an der Misere schuld, aber die kann was erleben. Achatz wird ihr einen ordentlichen Marsch blasen, der ihr das Ohrenputzen spart. Indessen bekam Klementine Zwirbelbichler tatsächlich einen Marsch zu hören, nämlich den Trauermarsch Chopins, den sich ihr eben an geistiger Umnachtung verstorbener Onkel als letztes Geleit ausbedungen, und den man daher der örtlichen Blasmusikkapelle *Die Saulungen* abgerungen hatte. Gemeinsam mit fünf anderen, irgendwelchen Löchern entschlüpften Verwandten marschierte sie im Wiegelwagelschritt hinter den den Sarg tragenden Pompfineberern und dachte Tunichtgut und Weiberer. Wie der Mond inmitten seines Sternenkorbs, rundlich aufgeschwemmt. Das schöne Zedernholz ist viel zu viel zu gut für diesen Stroh-Rum-Strolch, der auch, nachdem der Schlag ihn hingestreckt, sich jahrelang noch halten, ja subventionieren ließ, wo die Verwandtschaft selbst nichts hatte, anstatt abzukratzen, der Falott und Erbsenbär.

Der Tod, der Tod. Und wenn er aber kommt?

Pelagius Bierkistl selbst lag wie eine Krautroulade zubereitet im grünspanstichigen Leichenhemd und rührte sich nicht von der Stelle. Auf diese Weise bereiste er Planeten, Universen gar. Ungesehen. Wäre ihm noch Rührung möglich, so hätte er nichts ungeschehen gemacht, sondern sich umgesehen und gelächelt, nein gelacht. Fröhliche Liegenschaft. Er hatte nämlich, wovon keiner wußte, einmal in der Lotterie gewonnen, und verfügt, dieses seinem Großneffen zu übermachen, der als Weltenbummler, Haschischraucher, Bürgerschreck und Althippie ein vernachlässigtes lasterhaftes Leben personifizierte, was die Verwandtschaft anstieß und schockierte. Und wirklich zapfte Gregor Achsbruch gerade mit dem tröpferlweisen Spruch von wegen Autopanne und Telephonieren Passantenfässer um ihr Kleingeld an, damit er Doppelliter sich mit Wein abfüllen könne. Nach Räuschen dürstete dem Mensch. Benebelung. Nichts wissen von der Welt. Auch das bin ich. Du hast ausgespielt. Es herrscht ein Eingeborenenfürst, der Goldstaub auf der Haut, am Kopf eine Federboa trägt.

Außerdem. Der gerade vorbeischnaubende Sabianus Nichterl hatte für Bettelei von Haus aus nichts. *Auch das bin ich.* Das einzige, was er klar damit assoziierte, war Barbarei, der Affenkäfig in Schönbrunn und seine Herkunft, die ihm einen despotischen Patriarchenvater und die zugehörige, im behaarten Schatten wimmernde, schwindsüchtige Mutter auferstehen ließ. Altweibersommer. Da teilte es ihn gleich in die fünf Persönlichkeiten seiner psychounsympathischen Ahnengalerie. Ein Perchtenlauf. So wollte er keine Erinnerung, nicht an sein Elternhaus

und nicht an Gammeldorf, von nichts und niemandem. Auch das ist Ich. Daher drückte er den die offene Hand hinhaltenden Achsbruch an die Bande seines Ganges, Kastentum, ließ ihn gar nicht erst ins Wort. Indien. Nichterl selbst hatte es eilig, mußte Bauch über Brust über Hals über Kopf zum Standesamt, um seiner Doris dort das Ja zu sagen. Jahrelang hatten sie fruchtlos sich bemüht, auf Kinder zugewartet, genetische Repliken, doch vergeblich. So vereinbarten sie grundlos, sich zu definieren, im Grund des Lebensbunds sich zu vereinigen, körperlich hatten sie es zumindest zehnmal schon getan, diese Tätigkeit mit ebenfalls signiert. Da schläft man halt, und Beischlaf heißt, was sonst geschieht, nicht wesentlich. *Und der Druck, den man dann spürt, was man alles noch erreichen will, 35 sein und er und sie verdient, aber Kinder und das ganze Drumherum hat man noch nicht. Und wann begehren wir uns wieder?* Wer sich lange von Würmern und Baumrinde genährt hat, ist nicht wählerisch.

Doris Hellernacht ließ sich von einem Motorradrowdy überreden, daß er sie fährt aufs Heiratsamt. Jedoch? Der vom Brautkleid stimulierte Hells Angel Bonifacius Czyzyk fuhr in ein Wäldchen, sich dort elfenbeinern über die Braut zu machen. Hehr und an ihr rum. *Sag mir, daß ich toll bin. Sag mir, ich bin gut.* Darauf rollte er sich runter, ging daran, die Entwürdigte gleich zu erwürgen. Bumm. Das war seine, etwas volksstückhafte Dramaturgie. Da die Hellernacht aber von dem tätowierten Schmetterling auf Czyzyks Schulter und allem anderen begeistert *Ich liebe dich* brodelte, war der Rowdy eingebremst. Also beschloß er, doch mit seiner Braut aufs Standesamt zu fegen, in ein bürgerliches Leben einzukehren. Hundert Herbsttage vergingen als Moment. Moment. *Natürlich bin ich im Prinzip ein schwieriger Mensch, nur ist alles glatt ins Motorradklischee gepackt.* Im Kopf die Aperschnalzer trieben sechs Meter lange Peitschen durch die Luft, das pfiff. Da kam der Winter raus. Erbarmen.

Der Schmetterling übrigens stammte wie auch Eipeldauers Anker von dem gelernten Maler und Anstreicher Bonifacius Dreiwurst, der Volkshochschulkurse und sich als Wurstbrotlieferant lange in Amerika herumgetrieben hat. Eben saß er einer jungen Dame im Gesäß, ihr einen mit Schlange umspülten Anker einzuziehen. Wie ein Vibrator schnurrte da der Apparat. Tatoo. Leider litt Patricia Vorhautinger gerade heute unter starken Winden, hui die Schleimhaut einzusehen. Da war das Herz erregt. Fuhrwerke gingen mit ihm durch, und Kutscher schlitterten heraus. Prrpffft. Patricia wollte ja auch gar nichts in den Arsch geritzt. Ihr Freund war es, der dieses Bild verlangte. *Büchsen brauchen das.*

Adeodatus Ahammer war klein, mit dicken Lippen, einer riesen Nase geschmückt, lichter Bart, und doch war sie ihm rückhaltlos verfallen, bereits mit *Gusch, des interessiert mi net* ruhig gestellt. Eine ergebene Seele gibt sich hin, ist Teig. Salopp war Ahammer zum Flipper hingestellt, dem Bierführer, in dem

auch Petrus Bretterbauer, Lobkowitz und Alexander Angerer saßen, mit stämmigen Geräuschen Gelassenheit zu demonstrieren. Er klopfte eine Zigarette und war aufs Endzahlfreispiel aus, ein anderes hatte er sich noch nie aus einem Apparat gepflückt. Da hingen die Zahlen ihm zu hoch. Sie purzelten. Erbarmt euch doch. Aber als sie sich verraten haben, stellte ihm der Schankbursche einen Gespritzten auf das fingrig fette Glas. Soviel Zeit mit Beschäftigung vergeudet, daß das Trinken ganz verabsäumt worden ist. Das holte er jetzt nach. Auch das bin ich.

Dem Schankbursch rollte sich der Bauch. Bereits seit zwanzig Jahren arbeitete der leicht debile Bonifacius Ehkampf im Bierführer, wo ihn trotz seiner hohen, kaum verständlichen Stimme alle liebten. *A klasser Bursch, da Bonifaz.* Stets war er frisch gebadet und mit Rosenduft versehen, was nur mit seiner stilvoll im Stillen ausgetragenen Hoffnung auf das Serviermädchen Susanne Oberreiter zu erklären war. Dieses vollbusige, ewig mit eidottergelbem Dirndl eingeschalte Weib hatte ihr verfettetes Herz längst an einem Feuerwehrhauptmann abgebrannt. *Sag mir doch, ich liebe dich.* Aber. Ein alter Traum kehrte zurück.

Seit Honorius Ablinger sich etwas einbildete, auf Alleinunterhalter Hermann machte, in Kuranstalten entertainerte, sahen sie sich nur sporadisch. *Sag mir doch, ich hab dich lieb.* Derart im Stich gelassen war die Oberreiter leer, oft mit Betrunkenen gefüllt, ja sogar dem Ehkampf fast gewillt. Honorius war wie verwischt, schließlich galt der Alleinunterhalter Hermann bald als gefragt. Doch wie ist er gelandet? Auf allen Vieren. *Nie hat der Zweifel mich gestreift. Ich war mir sicher, bin es noch.*

Harnbeschau. Deftig knotige Witze, freute sich der seine Blasenverhaltung kurierende Severinus Mehlführer auf den Alleinunterhalter Hermann. Von dem seichten, mit billiger Bontempi-Heimorgel verwässerten Gesang war er enttäuscht.

Ich hab mir mehr, viel mehr hab ich mir erwartet. Aloah-oe, bis wir uns wiedersehen. Er, der auf Kraftvolles gehofft, konnte diesem plätschernden Getriebe nichts entnehmen. *Wir wollen niemals, niemals auseinandergehn.* Alle alten Schnulzen aufgeschwemmt, lauwarm. *Die Welt, sie wird sich weiterdrehen.* Verkocht. Gelangweilt drehte er den Brezenbaum.

Sein Tischnachbar Johann Ehrgeiz hatte gleich gewußt, daß das nichts werden wird. Zumindest war es dem geglückt, der Raumpflegerin Theresia Thaler ein Schäferstündchen abzuschneiden. *Jetzt sag es mir. Ich hab dich lieb.* Eben jetzt war sie daran, sich eine Commedie im Fernsehen anzusehen, worin der Serienvater seinem Seriensohn gerade zuwarf, Pickellösungen mit Kirschgeschmack zu trinken. Der Filius fing es, warf zurück, daß Duschen aber mehr sei, als sein Hemd mit Deodorant zu befeuchten. Da lachte die Thaler, wollte in die Chips. Da fiel ihr ihre Hürde ein, das große Nein. Nein, reichte sie die Schüssel ihrem halbwüchsigen Sohn Theodor. Wie zur Entschuldigung. *Noch dicker werd ich nicht.*

Theodor Aussenegg haßte diesen Fernsehsumpf. Das Knabberzeug. Er war dabei, ein Manifest gegen den Medienterror zu schreiben, welches er mit *Pfuigack* betitelte. Zusätzlich war er Neoist. *Das ist eine lustige Bewegung, wo man jeden Blödsinn machen kann. Aber auch die schlechten Künstler sind da unter sich.*

Eben da rief sein Co-Autor Martin Amhof an, lieferte neues Material, das muß unbedingt, wie er es sagte, in das Manifest *Pfuigack*. Der aus Großmotten kommende Gymnasiast hatte herausgefunden, daß sich hinter der Republik gewordenen Stimme des sonoren Nachrichtensprechers Josef Wenzel Radek N. eine völlig unübliche Körperschaft verbarg. Wie es schien, war die Radioinstanz fettummantelt, schlecht staffiert und wie Heinz Erhard einst frisiert, weshalb er trotz seiner Institution gewordenen Stimme auch nie ins Fernsehen kam. *So schaut es aus. Ich murmle Dreck.* Man müsse also, so Amhof, ein Komitee zur Publizierung von Josef Wenzel Radek N. gründen, *ins Fernsehen muß er rein,* dann würde sich der mediale Staat von selbst entlarven. Ganz. Wird diese Art Nachrichtensprecher publik, ist die Vertrauenswürdigkeit ganz Österreichs aufs Entschiedenste ruiniert, für immer, war Amhof, der Eugen Achselschwitz, den einzigen österreichischen Terrorist verehrte, begeistert. Exstatische Jauchzer drängten sich durchs Telephon, Buttermännlein glucksten. Fruchtbarkeit. *Immer wieder meine Bilder Ich. Ich weiß ja nicht, wer soll ich sein, was soll ich tun. Wie liebt man mich?*

Achselschwitz, der frühere Bombenleger, Kommunarde und Gründer der österreichischen Terrorfraktion ÖTF, war gerade dabei, bei einem Prominenten-Fußballspiel eben jenen Mann zu überspielen, den er vor 30 Jahren noch entführen wollte. *Man hat ja doch Moral, stemmt sich dagegen, hält nicht bei Wirtschaftsfaschisten an.* Der ehemalige Vorstand und Abgeordnete Vitellianus Pfeistlinger blieb damals nur verschont, weil er wegen einer Waffenschieberaffäre aus dem siebten Himmel aller seiner sechs Ämter stürzte. Tropf. Seither lebte der Multimilli ohne Ehr unspektakulär in seiner Luxusvilla Gunzesried. *Alles haben, alle Dinge, ist das Glück?* Nein, banal.

Auch der den Skandal enthüllende Aufdeckjournalist war im Ensemble Pfeistlingers. Der gefürchtete und tief gefurchte Adeodatus Beitl fand sich aber bald in den Redaktionsdienst zurückgestellt, wohin ihn vor allem ein Ausritt über die minderbegabte Gattin des Altbürgermeisters Dono Kaserer abwarf. Dem unter krankhaftem Durst leidenden Politiker war unerträglich, daß jemand gegen die dürren, mit Eitelkeit geblähten Auftritte seiner geltungssüchtigen Frau polemisierte, die dafür im Volksmund war, ihr Geschlecht über jede Intendanz zu stülpen, daher Stulpenstaupe hieß. *Die sehen ja nicht ihr Talent und wie sie singen kann – mit diesen langen Haxen.* Die Worte fehlen mir.

Eben jetzt trank Dono Kaserer ein monströses Wasserglas und montierte seinem Parteifreund Agaton Pokorny Gratulationen in den Bart. *So schön, eine so eine schöne Sammlung Kunst. Wirklich wahr, nicht wahr.*

Der aus Haag am Hausruck ausgerückte Mäzen war bei den Formalisten angelangt. Alles andere war Pokorny zu fleischlich, sinnlich, bunt. Nur die Stricherl-Reiterei entsprach seinem geschmirgelten Charakter, der verschlossen, monochrom, nur steuerlich begünstigt zu bewegen war, etwas zu riskieren, in Kunst zu investieren. Toll zu sein. *Wir sind von Lehrmeistern umgeben.* Sein und Jetzt. Selber war er mager, nur mit Haar gefüllt, dahinter Lebensangst. Einen echten Czeloth hatte er sich geleistet. Darauf war Pokorny stolz. Mit Sprung vor Glück.

Leo Czeloth, strengster aller Minimalisten, war bekannt, weil er seine monochromen Farben bloß bei ausgesuchtesten Sternenkonstellationen in die Leinwand trug. So sind bisher fünf Serien zu jeweils fünf Bildern entstanden, die alle ein Vermögen wert. Und die ganze Kunstwelt rätselte, ob jemals eine sechste noch entstehen kann.

–Natürlich nicht, behauptete genau in diesem Augenblick der Galerist Benedikt Balbuchta, der mit den Czelothschen Werken reüssierte. *Er wird doch nicht so blöd sein, und sich seinen ganzen Marktwert zusammenhauen. So blöd wird er nicht sein.*

Der Brauch des Eierschenkens kam in Mitteleuropa durch die Türken auf.

Da stutzte der Steuerprüfer. Dem aus Halsbruch kommenden Johann Eiterer war das rätselhaft, die ganze Kunst. *Daß man für sowas Geld? Ein Schmarrn. Wahrscheinlich eine durchtrie-*

bene Vereinigung von Steuerhinterziehern, Großbetrug? Alles verfilzt. Aber er fraß ihnen schon am Pelz, eiterte. Nicht umsonst legte sein Vorgesetzter etwas auf ihn drauf. Der legte seinen Mitarbeitern alles auf, war selber scheu, heliophob.

Conon Keuschnigg, der aus Angst vor Sonnenlicht kaum sein Büro verließ, tanzte mit den Fingern Schwanensee. Seiner Tochter hinterher. Die bildete sich ein, Primaballerina in den Startblöcken zu sein. Trotz Hasenscharte. Bewarb sich um ein Stipendium, wofür es eben heute vorzutanzen galt. Dabei hatten schon bei den Vorprüfungen die Nervenstränge der Constanze sich verdreht. Waren ihr aus lauter Nervosität die Beine angeschwollen, sperrte die Durchblutung leise zu, fiel sie aus dem Spitzentanz in x-haxigen Plumpsbauernschritt. War das ein Staudamm Schmerz mit Weh, der trampelte Leber ihren Ballettlehrer entzwei. Immer wieder patzten seine reifsten Ballerinen, platzten Nerven örtlich auf, leuchtete Lampenfieber Unbeholfenheit unbarmherzig aus, fielen sie so durch alle Möglichkeiten. *Ich hätte es gekonnt. Das Zeug dazu, ich hätte*

es, das weiß ich doch. Warum gehts schief? Ich wollte doch mein Leben nur verziert. Warum?

Dabei hätte gerade die Ballettschule Afterer Stipendien gebraucht. Liefen doch die Mädchen stapelweise in die Konkurrenz, mußte Sergius Afterer die stalagtitischen Blicke des Bankvorstands ertragen. Ausguck-nasal von oben ignorant. *Zuzüglich grinst er immer blöde ministrant.*

Der Banker Johann Fauler litt wilde, kaum zähmbare Lachkrämpfe vom Zaun, die in den denkbar ungünstigsten Momenten durch seine Zähne galoppierten. Flügelwarm. Alle seine Geschäfte waren mit Prusten, Glucksen ihm vertrabt, was ihn aus dem Sattel jeder Laufbahn hob. Er wieherte. Auch seiner Verlobten hatte er mit dem Heiratsantrag ins ebene Gesicht gelacht, was Cornelia Ernst ins Saure schlagen ließ. Zitronensaft ins Milchgesicht. *Ekelhaft. Also ist das Leben ekelhaft.* Sie dachte, er macht sich lustig über sie, spielt Hoppahoppareiter Steckenpferd mit ihrem Gefühl, und riß sich also los von ihm. Brühwarm. Soll er doch anderswo den Hengst ausleben. Enzian.

Auch dem *Kredit* winselnden Johann Gaunersdorfer hatte er ins Hand aufhaltende Gesicht gegluckst, was dem Bäcker ein Armverschränken war. Kein Vorwärts mehr, kein Weg, nur Fesselung, beschloß er, wie man aus der Semmel höhlt den Flaum, aus der Welt zu hasadieren. Sich. Stand eben jetzt am Dach eines Gemeindebaus und wollte fliegen, kurz die Drachen der Ungeheuerlichkeit besiegen. *Denen werd ichs zeigen, allen, weinen werden sie um mich.* Kalfatern ihre Fugen im Gesicht – mit Tränenflüssigkeit.

Der Tod, der Tod. Und wenn er aber kommt?

Sisinnius Eisenschimmel schnalzte mit der Zunge. *Endlich wieder etwas los.* Seine Tagesbeschäftigung war, dem Treiben vor dem Fenster zuzusehen. Aufgekocht ging er daran, Kaffee zu brühen, war einer Filterzigarette zugetan. Vor Jahren hatte er sich das Rauchen ausgetrieben, stellenweise pfiff er aber auch darauf und wollte Heide sein, Erlösung von der Welt. Heute war so eine Passage. Auslegung. Normalerweise schimpfte er die halbwüchsige Bagage, Konstantin Müssriegler vor allen, der immer heimlich und im Stiegenhaus. Weltverpester. Flinserlstock.

Der war selbst dabei, sein Geländemotorrad zu deflorieren. Ein Demolieren kam beinah heraus. Er sprang mit seiner KTM-Enduro über den Backen einer BMX-Bahn und das wärs fast gewesen.

Das war für Gregorius Biberle nicht vorherzusehen. Er wollte gerade mehrere Kübel Erde aus dem Schanzenschatten stehlen, dem Geophagen Soterus Zezula ein Strichlein Streich zu spielen, als ihn der Anflug Müssriegler um Zentimeter nur verfehlte. Das hätte Brei gegeben. Koch. –*So a Hundskrucka, a ländlich elendige,* schrie er dem Verrückten in den Auspuff.

Da wui ma a paar Kuibeln Erd fladern und nachand des, war Biberle zerwühlt, beschloß, das Graben sein zu lassen, sich mit dem Fleisch der Prostituierten Nana zuzuschütten. *Eine wirkliche Begattung findet nicht statt, doch bei den Landmenschen wird das Weibchen mit Hilfe der Hinterbeine oder des Schwanzes festgehalten und nach Aneinanderpressen der Kloakenlippen der Same unmittelbar übertragen.*

Natascha Kreuzkampl hatte ihre Nana-Existenz gerade mit Gregorius Cech belegt. Dieser wußte so, seinen Lotteriegewinn zu feiern. Anschließend wollte der Hilfspolizist zum Bierführer, sich das Teuerste dort gönnen. Krokodil. Dieses kam vom Veterinärmedizinstudent Zacharias Kalliwoda, der seine beiden verrückt gewordenen Alligatoren Joki und Jörgl erschlagen lassen mußte. Das hat dann Stephan Babiak getan. *Mit einem Prügel auf den Schädel, sehr sehr sehr, bis sie nichts mehr sich bewegten, blöde Viecher die, sehr sehr sehr, so blöd wie grün. Das macht mir nichts, überhaupt nichts aus.* Doch stimmt das auch?

Die Idee, sie einem Gasthaus anzubieten, war dem Heilmasseur Paul Anderl in sein Tischdenken gepischt. Dieser hatte mehrere Fernostreisen hinter sich, war aber vom Krokodilsfleisch gar nicht fasziniert, ihn hatten stets die Buben interessiert. *Aber bevor man Mäuse frißt, man weiß ja nicht, da unten, Ratten, Hunde, denen grausts ja nicht, vor nichts. Die Buben aber, sag ich Ihnen, da schaut Pelz heraus, und Beine, acht, neun Zentimeter lang. So können sie nicht fort.*

Gerade las er über Stephan Chsandi, der sich als Erfinder groß tat. Einen Erektometer stellte der sich vor, welcher nicht nur Erektionsgrad, sondern auch Menge, Wert und Flugweite des Spermas zeige. Angeblich arbeite er bereits daran. So ein Blödsinn, ärgerte sich Anderl. Und tatsächlich war die Chsandische Erfindung ein Gespenst. Der Goldegger liebte es ganz einfach, seinen Namen in der Zeitung stehen zu sehen. *Der Name ist ja alles, was man hat. Der Name, das bin ich.* Dachte sich die unmöglichsten Geschichten aus. Hatte außerdem das Ziel, am öftesten im Guiness Buch der Rekorde zu stehen, was selbst ein eigener Eintrag wäre. 34 zum Teil völlig idiotische Rekorde verbuchte er bislang. *Der Name steht dabei.* Etwa die Bestleistung im Achselschnalzen, im Kniegelenkseinschmalzen, oder die im Fabrizieren des größten Zwetschkenknödels, oder jene der längsten Spaghettiimitation der Welt, wofür er einfach Kilometer gelben Wollfadens aneinanderknüpfte. Notariell bezeugt.

Hadrian Alpl hieß sein schärfster Konkurrent, der ebenfalls bei 34 Eintragungen hielt, aber bereits mit einem nächsten spekulierte. Der Hauptschullehrer plante nämlich die größte jemals aus Ohrenschmalz gefertigte Skulptur, wofür er seine Schüler samt den Eltern zu Sammlungen antrieb. *Früher spendeten die Leute auch für Mitmenschen in Not, fürs Rote Kreuz, Weißgott. Warum nicht also Ohrenschmalz, wenn sie damit etwas Gutes tun?* Stolze zweieinhalb Kilo hatte er bislang, die er unerlaub-

terweise mit chinesischem Tigerbalsam und niederösterreichischem Schweineschmalz verdünnen wollte. *Das Cerumen oder Ohrenschmalz ist ein Gemisch des Sekrets der Ohrenschmalz- und Haarbalgdrüsen. Es enthält einen braunen, in Alkohol und Fett löslichen Farbstoff, einen bitteren, gelben Extraktivstoff, Eiweiß, Lecithin, Cholesterin, Kaliumseifen und noch Fett.*

Als Form war eine Sirene des Bildhauers Leo Czernin vorgesehen. Der hatte wieder einmal seine Frau mißbraucht, ihm tagelang Modell zu sitzen, weshalb der Sirene auch eine außergewöhnliche, dem Levantinischen völlig unbekannte Knollennase aufsaß, wie sie eben Poldi Czernin, geborene Batzl an sich trug. Die choreomanische Bildhauersgattin hatte es satt, ständig ihre Nase in der Mythologie zu sehen. *Was ist denn das für eine Daphne, wie sieht die Helena erst aus, und Aphrodite, Kassandra, Hera gar. Nicht einmal Zeus hat er verschont, deutet alles um. Wie Kartoffelbauern sehen sie aus. So versteh ich erst, warum er immer wieder Aufträge von russischen Kolchosen bekommen hat.* Poldi wollte immer tanzen gehen, büßte grob das Schlachtige von ihrem Mann, der mit Handwerkern typischen Wurstfingern und O-Beinen sich selber zugewachsen war. Und von ihr weg. Dennoch sind sie eins geworden, jedes Modellsitzen mit Tanzen zu vergelten.

Nur vertrat den Leo Stephan Diebisch, der war zwar als Mensch zurückgeblieben, dafür aber als Tänzer um so weiter fortgeschritten. An der Czernin hatte der Autospengler aber keinen Geschmack. Das glanzvoll Klobige der Knollennase war ihm zu feist. Da hing er mehr an reichen Witwen, hoffte, einmal eine einzuholen – samt allen ihren Seligkeiten. Außerdem hatte sich das Relief in ihn geschnitzt, daß die dunkle Fläche der Gesellschaft Juden und also unerreichbar sind, während das helle Gegenteil die Judenhasser unter sich ausmachen. Hier gehörte er sich zu. Stellte er sich an. Dumm. Sein Styroporhirn mit stereotypem Antisemitismus angefüllt, um auch etwas zu haben, jederzeit eine kleine Reibung zu entfachen, brechend Lärm zu machen. *Ich bin dran.*

Gerade jetzt schimpfte er den Schuhverkäufer Paschalis Ammerfreund *dreckiger Jud, dreckiger.* Dabei war gerade Ammerfreund ein dicker Katholik. Aber bevor er das dem erbosten Diebisch vorbeten konnte, war dieser längst hinaus, ließ nur den Satz zurück: *Kaufe nichts vom Jud.* Tja, zog Ammerfreund die Achseln. *Was soll man da noch machen? Diese Nazis.* Der Nazi bewohnt menschenleere oder doch wenigstens einsame Gegenden. Er hat weder ein bestimmtes Lager, noch einen festen Aufenthaltsort, sondern schweift bei Tag auf den Ebenen umher und schläft, wo ihn die Nacht überfällt, sich in ein Gebüsch oder dichtes Gras zurückziehend. Seine Bewegungen sind im allgemeinen langsam und gemessen, wird er jedoch verfolgt, fällt er in einen wenig fördernden Galopp. Das sieht oft komisch aus. Die Nahrung des Nazis besteht vornehmlich aus Termiten, Käferlarven, Schmalzbroten, die er mit seiner langen Zunge anschleimt und in sein

Maul zieht. Die Heimat der Nazis liegt vor allem in Europa, Amerika und Kärnten. Sein erbittertster Feind ist der Antinazi, der ihn wegen des Fleisches, der Goldzähne und des Fells jagt. Auch Fahnen und Orden sind begehrt. Das Fell findet Verwendung als Leder sowie zur Herstellung von Tornistern oder Taschen. Neuerdings wird es auch zu Pelzen verarbeitet. Aufgrund der noch zu wenig erforschten Vermehrung kann sich der Nazi trotz allem beharrlich behaupten.

Diese Nazis, war auch Eugen Baldaufs Zorn besoffen, er gleich in seiner Menschlichkeit betroffen, angerührt in seinem Groll. Zornig auch, daß er sich jetzt erst recht gebunden fühlte, die Schnürstiefel zu kaufen, die er doch bloß kosten wollte, sich ja gar nicht leisten konnte. Dabei liebte der Scientologe Stiefel, Schuhe exorbitant. 800 Paare schon. Interessierten ihn weit mehr als Politik, die ihm egal war, den Juden aber fühlte er sich zugetan. War schließlich eine Zeitlang selbst mit der Jüdin Judith Katzenellbogenmandelbaumsteinkerneck gegangen, die es liebte, Judenwitze zu erzählen, und zwar solche, mit denen sie bei jedem politischen Korrekt anstieß. Besonders, wenn sich jemand aufbrachte, dann auf ihre Herkunft lief, dort wie angebrannter Reis zertrümmert ist, strahlte Festland sie Selbstwertgefühl.

Selbst der Karikaturist Valentin Hollunder, der kleinbürgerlich nur Rudi hieß, hat diese Sandbank schon gesehen. Eben jetzt betrank er sich auf einem Geburtstagsfest, das der Altbundeskanzler Gregor Deifel gab. Dieser gab gerade Bauchrednerkunststücke aus sich her. So hat er damals die Verfassungsreform von Hohenems abgewehrt. Die Annexion. *Russisch, meine Herrn, wir wären eine Vorhut der Sowjetunion. Nur meinen Bauchrednerkünsten verdanken wir, daß nicht. Verstehns? Alles Kummerln wären wir, Russen durch und durch und durch. Wir täten uns selbst nicht mehr verstehn. Verstehns?* Hollunder war vor Freude Saft. Mit Sergius Badstöber komplott schob er seinen Presseausweis vor, derart gewappnet, Prominente an der Nase rumzuführen. *Es ist ja nicht zu glauben, was die Unfug machen, wenn sie wittern, in irgendeine Zeitung reinzukommen. Jeden Schas. Ist dieser sogenannten Prominenz auch wirklich nichts zu blöd.* So saß Badstöber gerade auf dem Schoß der Sexualtherapeutin der Nation, griff ins Verschwitzte ihrer Beine, ließ sich busseln, und kniff zu, was Cheese Valentin Hollunder photographierte, dieser Gertraud Schwängerer gefiel. Der Urwald wuchs hier so dicht, so verfilzt, daß es entlang des Ufers kein Durchkommen gab. *Wie Vanillepudding riechst du, so wie aufgeschäumte Milch.* Tatsächlich planten sie, Sergius und Valentin, ein Buch, das *Promiauflauf* heißen soll, endlich zeigt, wozu die Eitelkeit uns führt. Je nach dem und ob, in die Luft geschissen da, einzeln, jeder. *Sind die echt? Vom Vater oder vom Großvater, die Kette meine ich, nicht die Busen. Sind das die berühmten Kepelzähne, bei der Hochzeit ausdrücklich gezogen. Vorher oder nachher? Wie heißt das? Charivari. Charivari? Die*

normalerweise wohlgestalte Männer tragen, um den Bauch herum. Meistens am Ende eines Reichs. Das endet dann um den Hals einer reichen Gattin. Kolumnistin. Ja, die Zeiten ändern sich. Nach der Mahlzeit ging eine aus braunen Blättern verfertigte Rolle von einem zum anderen, die an einem Ende angezündet worden war, und aus der man einen schmackhaften, aber betörenden Rauch zog.

Vorher hatten sie, Sergius und Valentin, den Volksschauspieler Eitzi Doleschal dazu gebracht, die aufgequollenen Beine der Elefantiasis leidenden Schlagersängerin Titti Faas zu küssen, was den Mimen ewig ekeln wird. Hat er verdient, graust doch auch der restlichen Nation vor seinem Kommissar. Nach dem Schoßsitzen wollte man den Operettensänger Benedikt Christler überreden, das dritte Gebiß der Hörbiger zu küssen. *Aber was für einer? Gibt es da nicht zahlreiche?* Dabei erzählte der Tenor noch seine Anekdoten, die nichts als mitleidiges Lächeln aus den Hörern wringten, wrangten. Was? Wie Wäsche kamen sie sich vor. Runtergeputzt. *Und warum ich hier bin? Weil er gesagt hat, Mädchen kommen, junge und in Lederhosen. Also bin ich da. Ich spende gerne, egal für welchen Zweck, aber, die Damen will ich sehen. Aber? Ich kam, sah und stirbte.*

Selbst der Oberforstingenieur Nikolaus Auster wollte nicht als blindes Eck vorstehen und zeigen, daß er keine Pointe im waldigen Gestrüpp erkennen konnte, weshalb er um ein Lächeln rang. Hirschhornknopf. Eingeklemmt das Ich. Erbarmen. Daneben noch der Zwang, mit einem einzigen Bissen eine ganze Stromlinie Lachsbrot zu verschlingen, um nicht die Mayonnaisegarnitur hingelaicht auf seiner Steirertracht zu finden. Gerieten die Pflichten ineinander, überkreuzten sich und haderten. Durchzuckte Kurzschluß da den Kopf, redete sich die Kehle etwas ein, und, und schon war ein großer Bissen in der Luftröhre, und spielte Zollkontrolle, alles auspacken. Worauf er rot anlief, sündig, jetzt zeigen Sie schon her, war er beinahe schon erstickt. Wollte husten, doch es ging nicht, Zappeln nur und rot sein. Luft. Die anderen nur verwundert, daß einen diese Lederhosen-Anekdote derart lachen machen kann, fühlte Benedikt Christler sich geschmeichelt. *Kam, sah und triumpherierte.*

Nur der Jodelkönig Hadrian Babanic schlug Schuhplattler dem Rücken, rettete damit das Leben. Wer hätte das gedacht, daß diese Volkskultur derartigen Nutzen bringen kann? Babanic war aus Tirol gewohnt, Feierlichkeiten mit Schlägerei zu mischen, zumindest im Finale, daher froh, dieser verstockten Gesellschaft zumindest einen Schlag Brauchtum einzubuttern. *Da glocken doch de Leit, oder vielleicht nit, oder wos?*

Grüß Sie. Das ist schön. Gut schauns aus. Wie gehts? Bleibns gsund. Bitte. Wiederschauen.

Auch Johann Habersatter freute diese Körperlichkeit. Der war uneingeladen eingedrungen, mehrere Wertgegenstände zu entwenden, und perplex über die Feier. *Ausgerechnet heute.*

Wieso denn Eigentum? Gehört sich das? Also mischte er sich ein, gab sich als Künstler aus, weil er so nicht viel gefragt und seinen unpassenden Aufzug legitimieren konnte. Unglücklicherweise geriet er ausgerechnet an Marinus Ackerwurst, der ungesehen versprach, ihm mehrere Bilder abzukaufen, weil er glaubte, das sei schick. *Kultur ist so wie gut gekleidet sein. Natürlich versteh ich davon nichts. Mich interessiert mein Körper, die Zeit wie lang ich piß. Das hab ich mal gelesen, ich glaub bei Mailer, nein, bei Graham Greene. Seitdem. Wissen Sie, daß man im Schnitt, ich rede nur für mich, also fünf Minuten jeden Tag, rechne ich für mich, jetzt stellen Sie sich vor, das macht im Jahr, bei mir, davon rede ich, 30 Stunden aus, dann kommt heraus, daß man im Leben 2100 Stunden verbrunzt, wortwörtlich meine ich. Ein Vierteljahr.*

Es war einmal ein Mann, Ackerwurst, der hatte sein Vermögen mit einem Plazenta-Vertrieb gemacht. Ein Schwamm. Die Mutterkuchen kamen aus dem allgemeinen Krankenhaus. Zu rot. Eine ungeheure Wirkung wird ihnen von überall her nachgesagt. Ja, Brot. Das ist schon zuviel. Also wurden von dem Fleischermeister Hadrian Cipfelmayr hauptsächlich Potenz fördernde Knackwürste daraus gemacht. Cipfelmayr aß auch manche selbst. *Früher hat es mich, was weiß ich, gegraust, aber seitdem ich weiß, daß auch der Polentari, dieser Tennislehrer da, der berühmte Ami, seine Schützlinge damit, was weiß ich, ausstopft, weil es das Gewebe strafft, und sich aufs Spiel, so sagt er, was weiß ich, auswirkt, habe auch was weiß ich mich überwunden, grausen tuts mich nach wie vor.* Gerade jetzt war Cipflmayr ein passabler Schlag gelungen, ansonsten war er unbegabt, was seinen Lehrer an die Grenzen brachte. Endlich ist die Toleranz.

Trottel, nein Tennislehrer heißen die, dabei schupfen sie nur, was weiß ich, die Bälle rüber, und sonst nichs. Stephan Eha wollte es eigentlich zum Schriftsteller bringen, hatte auch begonnen, mit kleinen Tennisklub-Novellen den Stapfen seines Vorbilds Arthur Wiener-Schwitzler nachzusteigen, der ihm anfangs nur gefiel, est omen, weil auch ein Tennissieger seine Gegner oft paniert. Quaqua. Und war sein Klub nicht voll mit weichgeklopften Käuzen? Manche trugen in der durchbohrten Nasenschleimhaut kleine Plöcke, oder hatten sich Tennisschlägerminiaturen durch das Wangenfleisch gerammt. Besonders der einarmige Platzwart Formosus Spitzauer und der die Schlaghand wechselnde Bonifaz Fikinger hatten es ihm angetan und waren ihm in mehreren Geschichten Star, die sogar einem Verlagslektor gefielen, der besonders lachen mußte, als er die Erklärung für die unverhältnismäßige Anzahl exzellenter tschechischer Tennisspieler las, die für Stephan Eha in erster Linie im tschechischen Mehlknödel eine Begründung fand. Dieser flaumige, beinahe nur aus Mehl und Wasser fabrizierte I-Punkt böhmischer Kochkunst, mit dem bereits die kleinen Tschechen gemästet werden, entspricht in Form, Aufbau und

Konsistenz ziemlich genau dem vom internationalen Tennisverband normierten Ball, was auch den anderen Nationen unangenehm aufgestoßen ist (besitzen doch die Tschechen so von klein auf eßbare Vorteile) weshalb sie auf eine sofortige Änderung urgierten. Doch zum Glück hat sich weder der Berliner Bulettenball, der italienische Tartufo noch der bulgarische Ziegenkäsler wirklich durchgesetzt. Dies vorhersehend haben die Amerikaner bereits in den 50ern den umgekehrten Weg gewählt und eine Mehlspeise kreiert, die dem stalinistischen Wunderknödel etwas Adäquates entgegenhält. Leider ist, wie Stephan Eha recherchierte, diese Superwaffe amerikanischer Sportgeschichte etwas zu klein geraten, und war daher bloß geeignet, die ohnehin schon bestehende Dominanz im Baseball zu unterstreichen. Verkauft wurde sie unter dem nichtssagenden Namen Muffin.

Freilich mußte Stephan Fastl doch bedauern, daß die Geschichten leider nicht ganz in das Verlagsprogramm, das vor allem Thriller, Krimis und Sie wissen schon. *Einen Scheißdreck weiß ich, was weiß der? Kann der Tennis spielen?* Genau in diesem Augenblick sprang der Arztsohn Fastl in seinen Swimmingpool. Da bellte sein Hund, während auf der Terrasse seine junge, außergewöhnlich hübsche Frau ihr Kind stillte. Vögel flitscherlten. Die Sonne schiente ihre Strahlen ein in einen Lichtverband, daß es nur gleißte, gliß. Die Butter schmolz. *Nein, Schmalz.*

Wenn durchs Kraut a Sau nur durchganga is, na is es a scho besser.

Gegen Ende des sechsten Monats öffnet das Baby schließlich seine Augen.

Das ist ein Leben, dachte der durch eine Zaunlücke geisternde Romanus Spanblöchl, den die Laktation erotisch geißelte. Er kam nicht los davon. Der Hauptschüler trug

Pickel und eine schlechte Schularbeit mit sich, mit Korrekturen schlimm befleckt, wollte nicht heim damit. *Das von den Haarbalgdrüsen abgesonderte Fett ist bei seiner Entleerung flüssig, wird aber bereits beim Verweilen innerhalb des Ausführungsganges der Drüse zu einer weißen talgigen Masse, die sich, besonders an den Nasenflügeln, auf Druck wurstförmig entleert, sogenannte Zechpreller.* Daß er selbst mit Blicken verspeist wurde, ahnte Spanblöchl, dem sein eregierter Penis ein kleines Zelt in die Hose spannte, nicht. Es pochte. Blut wurde gestaut, wollte flanieren gehen, campieren.

Der Tankwart Theodor Babler liebte es, Leute zu erschrecken. Also pirschte er sich an und an und an, den Schüler aus der Gedankenwelt zu stoßen. Es knirschte und der Atem war verstohlen. Babler war gespannt, mit Neugierde gefaßt. Wie wird der andere? Was? Manche schreien, laufen weg. Nur dem Rentier Johann Irrgang lief ein Käse ins Gesicht, das Herz blieb stehen, es schotterte das Blut, brach ab, sackte zusammen, war nur ein Knäuel noch geronnener

Lebenssaft. Plazenta-Dudelsack. Dann faßte er sich wieder, triebs heraus, blies und lebte weiter. Brüllte. *Sie. Sie blöder Hund, was wollen Sie? Sie. Wollen Sie mich umbringen? Was? Sie. Na warten Sie.* Das soll wohl lustig sein? Doch Babler lief.

Gerade jetzt schlug Irrgang zu. Nicht auf Babler, sondern auf das Hüttchen Busstation, das stellvertretend eine fing. *Was? Skandal. Der ganze Personennahverkehr. Skandalös. Was? Denen ists egal, und die verstehen nichts. Soll unsereins schon Taxi fahren? Warten bis Pfingsten auf Ostern fällt? Ja, woher?* Besonders die Abstillung der Nebenstrecken traf den Eisenbahner schwer. Jetzt mußte er gar mit dem Bus, seinen Enkel Benedikt Dechant zu besuchen.

Der lag im Spital. Ihm war, damit sie vorne nicht zusammenwächst, die Vorhaut operiert. Die Maniokwurzel ist das Brot des Urwalds. Jetzt trug der Enkel einen kleinen Pharao mit sich herum, mumifiziert waren die Schmerzen, still. Eben baggerte eine Baustelle ins Bett. *Du Jud. Lirum Larum. Da. Da wird ein Keller ausgegraben, so, Rohre legt man dann hinein, Löffelstiel, da, das Haus, so, bald steht es da darauf. Wer nichts lernt, der kann nicht viel. So. Und drüben einen Garten. Da die Straße, wrumm fahren die Autos da vorbei. So. Schön fahren. Da wird ein Sportplatz hingegraben. So. Schön graben.* Wie Gott die Welt schuf. Mit Staudamm im Gesicht. Aufgeweichtes Knödelbrot das Hirn. Das ist schon zuviel. *Wer kümmert sich um mich?* Von seinem Großvater bekommt er einen Kran, später eine Eisenbahn. Doch noch spuckte Irrgang auf den Busfahrplan. *Wo bleibt er denn? Was? Bis Fasching in den Sommer fällt? Und wo mein Steuergeld?*

Eine Lacke Zeit. Leo Eiermann hatte die Uhr gestreikt. Und wie der sonst für seine Pünktlichkeit bekannte Chauffeur draufgekommen ist, hatte er bereits einen dicken Überzug. Nun schwitzte er, ja raste. Landschaft walkte sich vorbei. Der Raum ist Teig.

Eia Popeia. Als einer von vier Fahrgästen war der Student Sergius Czernyceck zu seiner Freundin unterwegs. In Gedanken war er längst bei ihr, mit seinen Worten beizustehen. Was raschelt im Stroh? Es brummte der Bus. Während einer Therapie ist Franziska Gerloss in die Erinnerung geplumpst, von ihrem Großvater mißbraucht worden zu sein. *Nein, ich bilde mir das nicht bloß ein.* Das Schwein. Sind Enkelinnen dazu gut? Zerklüftetes Gebirge tat sich auf, Geröll, ein Überhang Gewalt, der Czernyceck abverlangte, sie zu schlagen, mit einer Gerte, einem Reiterstock. Hoch den Rock. Daher also kams. Auch ihr Würmchen Lesbenschaft, das nippte da am Lebenssaft, wurde so plausibel. Was hatte sie davon? Erklärung ist ja nur der Abfluß eines Sees, jetzt kann man zwar den Boden sehen, doch Brühe bleibt es doch. Sie war betrübt. Diese Kröte, murmelte der Seelenretter, dem *Freigänger* ein Exzem herausgebrochen ist. Verlangte das Untere einen Stummel Schaden? Eine Äußerung? Er kratze sich, daß sich das Jucken wie ein niederländischer Meister vermehrte, es schlug aus, brach

gleich gelsengleich über ihn ein. Rötungen und Rinden waren da in kleine Erhebungen gesät. *Das Schwein, das bringe ich um.* Das Gute ist so nah. Bluot zi bluoda, bluoderer.

Das Schwein selbst fuhr mit einer Werbefahrt nach Leogang, wo man den Senioren Adjektive aufschwatzte. *Im normalen Handel bekommen Sie die nicht. Und Sehen Sie, original, natürlich handgemacht, ein echtes Imitat.* Die Pensionisten standen staunend umher, begriffen nicht. Aber die Kerzen, der Weihrauch und der fromme Chorgesang hatten ihnen sehr gefallen. Anschließend verteilte man kleine Heiligenbilder an sie, die sie, weil sie glaubten, sich so gegen alle Krankheiten schützen zu können, sogleich verspeisten. Heilige Jungfrau. Dann ging es ans Geschäft. Anastasius Cussbiss kaufte nichts. *Lasse mir doch nichts, bin doch nicht blöd.* Für ihn war es normal, daß er sich seiner fünf Enkeltöchter bediente. Bluot zi bluoda, bluoderer. *Ins Puff werde ich gehen, ja, bin ich blöd? Mit Halsketten aus Käferfleisch hab ich sie beschenkt, mit kleine Weidenpfeifchen.* Als Findelkind in einen Bergbauernhof geworfen, vom Altbauern samt neunzehnköpfigem Gesinde mehr als wund und übers Knie gelegt. Kam sein Denken diesen Löchern nicht mehr aus, ja selbst nach einer Vergewaltigung heraus. Und Stall. Und auch im Krieg, als er ein einziges Mal über die Landesgrenzen kam, galt Bedienen und Bedienen lassen als normal. *Du gewinnst sie, auf mein Wort.* Die hübschesten Mädchen teilte man sich auf – bevor man sie erhängte. Ben zi bena. Menscher-Menagerie. *In ihren Hütten fanden wir nichts außer ein Tongefäß. Wir zerschlugen es und prallten alle entsetzt zurück, als wir den Inhalt sahen. Es war ein Männerkopf, der auf die Größe einer Faust zusammengeschrumpft war. Teufelswerk war das. Blendwerk des Satans.*

Und der Tod, der Tod. Und wenn er aber kommt?

Betrunken von dem Slivowitz sprangen die Pensionisten, wo immer sie Souvenirs erblickten, an Land der Raststationen, folterten dort die Bedienungen, vergewaltigten die Kassiererinnen und verstopften die Toiletten.

Doch ach! Davon wollte der Reiseleiter Landone Poigenfürst erst gar nichts wissen. *Der Vortrag ist des Redners Hans.* Seine Aufgabe war es, die Laune bei der Stange zu halten, vor den Rentnern etwas aufzuziehen, Ramsch zu verdrehen. Franz. Achtzugeben, daß sich keiner seiner Gäste überfraß, weil das Essen inbegriffen, dieser Generation es ausgeschlossen war, Kostenloses stehenzulassen. Brav und bitter. Lieber packen sie es ein, ihr Biedersein. *Denn was man schwarz auf weiß besitzt. Im Summen Eigentum.* Ausgerechnet heute hatte sich Poigenfürst verzählt. Und warum? Weil einer seine eingepackten Hendlhaxen liegenlassen, doch noch holen wollte. *Den Teufel festzupacken. Ach.*

Jetzt irrte Johann Janaus über den Parkplatz der Autobahnstation und suchte seinen Bus. Die Blicke scheu und ganz

in sich geworfen, ganz verzweigt. So ist es also Mensch, einsam und hilflos in der Welt, geht man keinen etwas an, ist ohne Grund. Sinnlos nur mit Existenz. Wie damals, als die Frau ihm weggestorben ist beim *Alte-Meister*-Lesen, von der er immer dachte, daß sie ihn lange überlebt. Alleine. Ja, er weinte. Tränenflüssigkeit enthält Bicarbonat, Chloride, Eiweiß. *Und wir wern nimmer sein. Es wirt.*

Und wird gewesen sein. Im von der Verlorenenheit gerührten Leo Felgentreu schäumte etwas Wollen auf, sich schon erbarmen, sackte dann, beschloß, aus jenem Weg zu gehen. *Man weiß ja nie, vermutlich ein Betrunkener.* Außerdem wollte der nach Moskau zielende Fernfahrer sich eine Bezeugung bei der Prostituierten Elfriede Eberschwanger nicht versagen. Wo immer die ihm schwor, wie ausnehmend sie ihn liebte. *Liebe dich* war ihren Einnahmen Pseudonym. Hieß soviel, wie sie dem Stephan Grünstäudl abführen, der auf Stimmlosigkeit tat, wie ein Kehlkopfoperierter heiserte. Und Büttel. Trümmer. Eine Passage reichte der Zuhälter an Johann Kirchtreiber weiter, damit der alle Augen abstach, sperrte. Dieser Polizist mußte ein Zerrbild von verzogener Frau gerade biegen, die auf den Zangenfeindschen Kaffeekränzchen stets betonte, wie schlecht sie es getroffen hätte. Mieserabel. Pelzmäntel, Perlenketten, Abendkleider wollte sie. *Muß mir gehören.* Er tat ja, was er konnte. Mußte. Alles Leiden. Und jede noch so teure Zuneigung sollte von der nächsten übertroffen sein, sonst wurde ihm gleich vorgeworfen, Hilfe, daß er sich nicht mehr beugte, ja, sie nicht mehr liebte. *Sag es mir.* Min wazzer daz ist trüebe. Krokodile und Tausende von kleinen Fischen kamen hinzu, und im Nu waren von den im Wasser schwimmenden oder treibenden Wünschen nur noch Skelette übrig.

Dennoch betrog sie ihren Kirchtreiber mit Leo Hudribusch. Der wußte, was es heißt zu lieben. Hebt zum Höchsten an. Begehrt zu werden heißt, sich zu entziehen. Begehren ist ein Hinterher. Also verlangte er. *Sag es mir.* Er wollte Geld, verbrauchte, war leidenschaftlicher, ja schlechter Spieler, verlor alltäglich. Schlechterer. Gewinnen taten Fernfahrer, die mit ihren Fleischgesichtern zu den Autobahnprostituierten gingen, *sag es mir,* womit dem Kreislauf Geld nichts mehr entging. Ihm schwindelte. Und alles drehte sich. Wo war das Jetzt? Jetzt. Hudribusch hörte sein Lieblingslied, sang grölend mit. *De find i überall, nur net dahoam.*

De Freiheit, wos i moan von Stephan Imheiser, der als Heinerlein bereits so etwas Wie hatte, war eher nichts. Eigentlich war Imheiser gelernter Konzert-Triangelspieler, experimentelle Dreitonopern hatte er geschrieben. Aber nachdem damit kein Hit zu machen war, legte er sich Heinerlein dazu, reduzierte seinen Wortschatz, wurde vermögend, populär. Nur sein Lebensgefährte hielt ihn von einer Steuerflucht zurück. *De find i überall, nur net dahoam.* Die Dummheit ist bekannt.

Der Gymnastiklehrer Marinus Badstöber fand Wohnsitzwechsel grauenhaft. *Wo bleibt denn da der Stolz, Identität? Erinnerung?* Mit dem Zeitungskolumnisten Teleklacks zählte er zu den letzten Verfechtern der Idiome, schimpfte auf den vorauseilenden Bückling der Touristik, korrigierte Speisekarten. Eigenmächtig. *Hinter meine Worte tret ich nicht.* Eben fiel ein Wortschwall der Pauline Haberzettel über ihn. *Was fällt denn ihnen ein, hier rumzukritzeln. Soll das lustig sein? Das ist kein Malbuch nicht. Das kostet Geld.* Er hatte die Wörter Kartoffel, Mohrrübe, Tomate, Pute und Rührei durchgestrichen und mit Erdäpfel, Karotte, Paradeiser, Truthahn und Eierspeise überschrieben. Für solche Sophistereien hatte die frischgebackene Abgängerin der Gastronomieschule Gleßheim keine Regung. Ataraxie. *Versteh ich nicht.* Ihr waren die deutschen Gäste unbedingt.

Wo er recht hot, preßte eine Stimme ihren Schaft hinein, *hot er recht.* Mit zwölf Bieren abgefüllt, war Agapitus Baierlein kaum noch zu durchschauen. Er brabbelte von *Nebentisch, Lachsynchronität.* Käferig krabbelten die Worte da in seiner Kehle, schmissen Larven raus. Engerlinge. Schöpfungswerk. Dabei saßen da tatsächlich deutsche Sommerfrischler, als hätte Beuys sie hingelegt. Fette Stuhlablagerung. Wie auf Kommando lachten die mit Hieb, und *Ha ha ha ha* hießen der Laute jeweils vier. Einstudiert marschiert. So schritt es zu den Raum und schnitt.

Curupá ist ein aus einer Pflanze gewonnenes Pulver, welches die Eingeborenen mit Hilfe eines gerollten Geldscheins schnupfen. Es stellte sich heraus, daß der so erzeugte Rausch 24 Stunden dauert und vollkommen unzurechnungsfähig macht.

Johann Ladurner beutelte Eisacktal den Kopf. Ihn ekelte. Der Mähmaschinenvertreter litt seit Jahren Schluckauf, der auch jetzt die Pausen des deutschen Heiterkeitstschinderassabumm *Hcks* garnierte. *Ha ha ha ha. – Hcks.* Piefkes konnte er nicht leiden, aus Prinzip. Direkt. Bis heute wollte er nicht einsehen, daß sein bester Freund gerade in den kleinkarierten Allgäu ist. Tumekuja bwana, sisi bwana.

Suaheli spricht er nicht. Leo Halama war den deutschen Mädchen hinterher. So betoniert und groß, blond und fleischbetont. Usiku kucha, kutwa kucha, kucha. Heidelbeeren, sagte Halama, und hatte prompt in eine hineingeheiratet. Nun lebte er ein luxuriöses, von außen glattes Leben. Aber im Kern gedeihte ein Vonwegen, wollte er seine Herkunft wiedersehen. Die Fut. *Wo man aufgewachsen ist, wo Kindheit war und schönste Zeit, die Erinnerung zu Hause ist, das kann dir niemand geben, Kinder nicht, selbst Geld, die schönste Frau. Heimat ist es nicht, man ist es selbst.* Watu wanakula chakula gani mchana na jioni? Matunda gani mnayo hapa? Wibke Wibaecke, seine Frau, glich wie ein Haar dem Schlagersternchen Gilla, die mit *Tu es* in den Hitparaden exerzierte. *Oh Baby, tu es, mir ist danach*

zumut. Oh Baby, tu es, ich weiß, du machst es gut. Die Backen aufgeblasen, ondoliert die Lippen, leicht nach oben, so zum Lutschen aufgedreht. *Mir ist danach zumut.*

Eben jetzt wurde Benedikt Egelseder Gans damit gestopft, und fassungslos. Wie führte die damalige Pürzeldrüse Dieter Thomas Leck so etwas ein? Wohin? Mit dem Ach und Krach, Pensionsversicherungsgesicht? Der Discjockey Egelseder war ständig irgendwelchen Skurrilitäten hinterher. Dem wahrhaft Heiligen. Das gefiel den Gästen des Blöden Kakadu. Namentlich Johann Maly war ein großer Schnulzenfan. *Da sprach der alte Häuptling der Indianer.* Gerade jetzt beobachtete der Freizeit-Hypochonder die Entfaltung seines Bauchdrückens. *Legt es sich? Breitet es sich aus?* Hinter den leisesten Signalen witterte Maly lauter schwere Krankheiten, jetzt war es Leberkrebs, Bauchspeicheldrüseninfektion. Außerdem plagte ihn ein durch den Biß von Sandflöhen hervorgerufener Hautausschlag. Diese Flöhe, vor allem die Weibchen, logieren sich unter die Finger- und Zehennägel ein und brüten schmerzhafte Eiterungen rein, ins Fleisch. Aber sterben muß man daran nicht. Am Versagen der Gedärme schon.

Der Tod, der Tod. Und wenn er aber kommt?

Dabei lediglich ein Muskelkater, umgarnte ihn sein Hausarzt Dr. Benedikt Früchtl immer wieder mit *völlig gesund. Ihnen fehlt ja nichts, nur Apfel, Sauerkraut.* Aber Ärzten konnte man nicht trauen. Vertrauen ist ungesund. Und wirklich hatte sich der Mediziner gerade selbst an einen Baum geschnallt, ein Schild daneben hingelegt, das animierte, ihn zu schlagen, zu bespucken, anzuschreien. Ein Eikarton dazu. *Solange bleibt er dran, bis alle Eier auf ihn hingeworfen sind. Das Schwein, hat es verdient.* Nichts anderes. Tatsächlich. Früchtl war nicht nur angekettet, sondern auch ausgezogen, der interessierten

Öffentlichkeit sein monströses Glied zu offenbaren. Leider war zum Sehen lange niemand zu sehen. Keine Hand zum Werfen da. Wo steckte denn die Allgemeinheit fest? Welchen Umständen verklemmt? Welchen Hosentaschen eingebohrt? Welchem Dialekt?

Spannenlanger Hansel, nudeldicke Dirn. Erst jetzt tauchten die Tannenzapfen klaubenden Heidrun Schlierseer und Benedikt Gogola auf. Und rannten weg. Das war ja nicht zu glauben. Vermutlich, mutmaßten die feigen Schüler, die Falle eines ausgefuchsten Kinderschänders. Ihnen zitterte der Atem. *Und wenn das Säcklein voll ist, gehn wir wieder heim.*

Hier hatten die Fangeisen des Schulpsychologen Johann Nehoda gegriffen. *Böse Onkels sind untersetzt gebaute Menschen mit stummelförmigem, lang behaartem Schwanz. Dicke Lippen, Hornbrille. Muttermale auf dem weißen Hemd der Haut. Ein besonders entwickelter Ringmuskel ermöglicht ihnen Flüssigkeit herauszuspritzen. Vorsicht! Die Wirkung dieses Sekrets ist von*

solcher Intensität, daß der Geruch oft wochenlang nachhängt. Giftig ist es nicht. Eben fuhr sich Nehoda mit einem Kamm durchs fettig spiegelglatte Haar. *Frisieren, das ist gleich sich besser fühlen. Was unterscheidet denn den Mensch vom Tier, wenn nicht das Kämmen?*

Hüsker Dü. Schmalzlocke, lächelte der sein Skatebord vorbeischlabbernde Johann Odrada, eine Kappe saß ihm Verschluß am Kopf. Hardcore – habe die Ehre. Das war Amerika, Chaos-Bürokratie. Mit 27 war Odrada für diese Spülmittelflaschen-Mode eigentlich bereits zu alt. Er trug lemonhead sein Brett, weil er einen Passanten angerempelt, beinahe verprügelt worden wäre. Bad Religion. Idiot. Fehler im System. Pink Floyd.

Der braungebrannte Straßenbauarbeiter Gregor Eisenmagen ließ sich nichts gefallen. Das wäre ja noch schöner, spannte sich sein Hemd über den Bauch, baumstammdicke Arme baumelten heraus. Am Hals ein Wäldchen Brust, war jeder, der ihn sah, ein Zahnstocher daneben, abgebrochen. Dabei litt der holzige Eisenmagen Höllen in der Bandscheibe, und war zum Fegefeuer Feldenkrais verdammt. Gerade jetzt predigte ein Ziehen in seiner Hüfte, wollte mit sich keinen Ablaßhandel treiben lassen, absolut. Ausgerechnet heute, wo sich Eisenmagen so aufs Fußballspiel. Für Nahrung, Bier und Fülle. Tatsächlich befand sich die gesamte Nationalmannschaft gerade auf dem Weg ins Stadion und übte Hymne. Söhne. Groß.

Der Trainer intonierte Baß, hatte gut reden. Immer wieder hatte er seine Taktik in die Köpfe reingeleert. Immer wieder hatte ihnen Silvester Bachschwöller die Strategie vorexerziert. *De Deckung net entblößen, vorn einegehn und schiassen, schiassen, schiassen. Aber mochts eich net an, mir hintn dicht.* Wenn das alles ist, meinten seine vokuhila ordinär aussehenden Spieler, werden wirs schon packen, de Bloßfüßigen. Vorne-kurz-hinten-lang mit *Immer wieder.* Die ganze Mannschaft taumelte in optimistischer Genzdebilität und sang sein *Immer wieder.* Sogar der Torschützenkönig Johann Popelreiter war auf die Tour Kantersieg gestimmt. Wieviel er schießen wird? Fußball ist ein spermazoides Spiel, den Hund ins Schenkelhaus. Hinein. Der Strafraum ist die Scham, der Nabel Anstoßpunkt. Moll. Und Kitzler heißt der Goali, schießen, rennen alle auf ihn ein. Den Bruder. Zurückpudern. Wird man ihn stauben. Aus der Welt hinaus, die ist nicht süß. Zurückpudern. Den Bloßfüßigen immer wieder Bartl zeigen, Most und Steiermark. Ins Bloßfüßigenland zurück. Immer wieder. Nur der Zeugwart zweifelte. *Ich will unsterblich sein.* Zurück.

Johann Questermeier hatte die Schlappen gegen Albanien, Estland, Lettland, die Faröer-Inseln, Katar und sogar die Schweiz noch nicht verdaut. Abgehakt diese Enttäuschung, das abgehackte Spiel, den Krampf. Seit drei Jahrzehnten war er für Bälle, Schuhe, Trikots, seine Burschen da, nun bohrte er in seiner Nase. Das Letzte rauszuholen so aus sich. Wie gern wäre er noch einmal zu einer Weltmeisterschaft, und wie gerne

einmal Schampus, wenn die immer unterschätzten Österreicher wieder Eier legten – wie damals in der Pampas, als seinen Schwiegervater der Schlag getroffen hatte. *Wir bedauern.*

Ja, es gärte. So aufgeregt ist Johann Rabelbauer da gewesen. Sprang auf und schrie und schrie und schrie – und knickte ein. Seither vom Kiefer abwärts taub, seinen Pflegern dennoch markt verschrieen, mit Launen sie zu schikanieren. Trotzdem verlor der Altenpfleger Sergius Dreihaar niemals die Geduld. Er wollte Mäßigung. Vergeblich. Blieb aber höflich, Gott sei dank. An das Vollgemachte, war er schon gewöhnt. An Jesus glaubte er, an Friede, Toleranz. Barmherzigkeit. *Ich bin ja nichts, so ohne Gott. Nur Stellvertreter. Ausgehöhlte Augenhöhle, allem Erkennen blind. Ein Nichts und Niemand bloß.*

Als aber der 90jährige Benedikt Hachla einen Exkurs seiner gesammelten Essensreste auf den in der Aula versammelten Architekten-Exodus warf, sie obendrein mit Würfen unflätiger Anmerkungen überhäufte, riß sogar ihm der Diskurs. Vorbei war es mit Eierkuchen, Postmoderne. Hachla war sowieso ein eingezogener Dorn. Ständig heckte er, brütete Streiche aus. Da ein Teil seines Gehirns ins Gebüsch getreten war, glaubte er, neun Jahre alt zu sein. *Der alte Depp! Aus ists jetzt. Heidschi kum Peitschi, Bummbumm.* Dreihaar spritzte ihm eine Beruhigung für 48 Stunden Schlaf. Minimum. Und sollte es für immer sein, gab man an, er hätte einen Pfirsichkern gesiezt, erstickt daran. Mit solchen Intermezzi war Johann Schweinschwaller per du, Bolustod trug der Arzt dann in das Uns des Totenscheins. Und er. Der in Mottenkugeldunst gehüllte Mediziner hatte ein Hütchen mit Verständnis voll, das er zum Läuten brachte, überstülpte. Ehrfurchtslos. Ihm waren Alte alle Nazis, Auftrag eines jeden, die geriatrische Gefahr zum Erliegen zu entstellen. Orangeade. Also war Schweinschwaller leidenschaftlicher Verfechter von Selbstmorden und Euthanasieprogrammen. *Pudern. In die Gottesfut zurück. In das Maul der Boa. Außerdem läßt sich noch etwas machen, die Zahl der Verkehrstoten, Fleischskandal, Geschlechtskrankheiten, Hochhäuser, die gleich zusammenkrachen?*

Darauf wären die befleckten Architekten nie gekommen. Schade. Verunsichert waren sie, reichlich. Woher konnte jemand wissen? War ja nichts publik. Das Altersheim ins Einkaufszentrum wandeln. Niemand wußte es. Oder? Jedenfalls entschuldigten sich der Heimdirektor Benedikt Ittler, der Stadtrat Silvester Czumpfl, der Architekturprofessor Gregor Figerl, und der Baumeister Clemens Bracholder, den der Schuh auch an einem verwachsenen Zehennagel drückte, der eitrig jodelte, ja als Gefäß zersprang. Nichtsdestotrotz erklärte Damasus Beutelsieder seine Pläne. *Die Menschen,* führte der Handelskettler aus, *die Menschen wollen Nahversorgung. Wir haben ihnen im Namen Jahrelang unseren Namen eingerieben, nun wollen sie vor ihrer Haustür auch ein Ihre sehen, Filiale. Die Menschen. Die Menschen haben Recht darauf, sagte doch der Ahnherr unse-*

res Konzerns mit Schon: Freiheit, Gleichheit und Bürgerlichkeit, und wenn er es auch auf Französisch sagte, wissen wir heute, was er meinte. Ausgedeutscht. Die Menschen. Zwischen Produkten wählen, gleicher Preis, und last not least, but, meine Herrschaften, Warteschlangen, Einkaufswagen. Das ist, was wir unter Marktwirtschaft verstehen. Duliöh. Und Menschen, unsere Zahlen, unsere Zahlen, meine Herrschaften, beweisen uns eindeutig, sprechen Recht und jahrelang. Wir sind.

Da spuckte der Hausmeister Leopold Iwo einen Speichelauswurf auf den Boden, dachte Arschloch, Austerlitz. *Man wird doch nur beschissen. Allen geht es um Bibabutzemann, Profit. Und wenn sie den Leuten einreden müßten, Styropor zu fressen und Aspest, würden sie es tun. Ein rotes Mäntlein um. Das soll vereinigtes Europa sein? Da scheiß ich aber drauf. Gib sie wieder her.* Er spuckte. *Da scheiß ich aber drauf.* Zur selben Zeit sah seine Frau was Glitzerndes, bückte sich und hob eine goldene Füllfeder hoch. *Was ist die schön.* Diamanten in die Hülse eingefaßt, da weinte Hollywood, und da, ja da war sogar ein Name eingraviert. *Victor Blöchl* stand zu lesen. Nur der Name und kursiv.

Die Person Victor Blöchl hatte einen Tobsuchtsanfall ausgelebt, die Wut kahlgeschlagen aus dem Dickicht Ich. Seine Natur. Da war die Dingschaft hüllenlos, gab es kein Wehren der Materie. Mähte Rasen sich an ihr. *Da scheiß ich aber drauf.* Der Aktien geriebene Müßiggänger lebte stets im süßen Brei, konnte nicht begreifen, daß dieser plötzlich ungenießbar, seine Wertpapiere ohne Gegenstand, ausgelaugt. Der Konkurs des Mineralölkonzerns hat seinen Reichtum jäh versenkt. Ausgelöffelt bis zum Grund. *Daran sind die Scheichs schuld, diese Araber, dazu die Grünen.* Blöchl steuerte zum *Dicken Franz von Würstelstand.* Mit Käsekrainer, Jägermeister den Ärger runterspülen, allen Zorn herauszuwaschen sich. So konnte er sich gleich gewöhnen,

Verhältnisse, die selbstverständlich, war er überzeugt, nur vorübergehend waren. *Schließlich, wozu hat man Freunde, die Verbindung? Und? Was ist Zeit? Scheiß Araber, scheiß Grüne.*

Beim Dicken Franz bestellte gerade Stephan Iber Leberkäsesemmel, Bier. *Weißt du, morgen kommt mir eine Überweisung, nur damit du's weißt, damit bezahle ich dann meine bisherigen und weißt du meine Kreide heute, damit, dann sind wir, weißt du, wieder quitt, damit du's weißt. Bis dahin borgst du mir doch einen Hunderter?* Aber, unterbrach der dicke Franz Nikolaus Buxhudler, hättest du nicht gestern eine Erbschaft? –Die, ja, äh, hat sich aus Gründen, weißt du, banktechnischen Gründen, kapitalistischen Gründen, der Kapitalismus, weißt du, fußt ja wesentlich in der Familie, aufgeschoben. Zwei? –Und dein Lotteriegewinn? –Der, ja, äh, äh ja, ja äh, der kann immer erst am Ende, weißt du, am Ende eines Monats kommen, übernächste Woche. Bis dahin gibst du mir doch drei? Äh ja, ja äh, aber wenn du, weißt du, du mir heute einen Tausender,

dann. Ja, ja äh. Sagen wir drei? Ja dann. Nein, fünf?

Durch die Gewichtszunahme wird das Baby runder, sein Körper legt sich eine braune Fettschicht zu, das isoliert und produziert die Wärme selbst hinzu. Drei, vier. Da unterbrach der Hafturlauber Alexander Bagaschinger mit *Bosner.* Luftblase aus dem Mund. Eine mit Bratwürstel, Curry, Senf und Zwiebel gestopfte Köstlichkeit. Aber Bosner gab es nicht, nur Waldviertler, Krainer, Wiener, Frankfurter, Burenhaut, Nürnberger, Krakauer. Schade, war Bagaschinger enttäuscht. Ein Wulst Traurigkeit häutete sich im Gesicht und platzte auf. 15 Jahre Strafvollzugsanstalt von Bosner bloß geträumt, jeden anderen Geschmack verräumt, seit er damals stockbesoffen seinen zweijährigen Wurstsohn so lange gegen die Wand, bis Stillstand war. Das Räderwerk verkeilt, die Einrichtung. Zehn Jahre mußte er noch schwitzen, fünf würde man ihm lassen, dann, schwor er, fängt es an. Von vorn. Beruf und Frau. *Heiraten aber nicht. Das kostet nur. Was hat man dann davon? Man zahlt die Leute, daß sie einen ausrichten. Mehr nicht.* Seine Ehemalige hatte ihm gleich gesagt, daß sie so lange nicht. 15 Jahre. *Nicht eine, die was vorlügt, aber hinterrücks. Nein, geradeaus, so eine.* Nun auch schon wieder sieben Jahre mit einem Gregor Gebetsroiter. *Wie doch die Zeit. Wie? Nein, ich kann dir auch keinen Hunderter borgen, und wenn du morgen zehn Überweisungen bekommst.* –Aber weißt du, morgen, weißt du. Nur damit du's weißt.

Der Krieg ging weiter. Stephan Iber zog wieder gegen die Philister in den Kampf, brachte ihnen mit Ergriffenheit schwere Schulden bei, oder sie ergriffen gleich die Flucht. Die war mit Während angefüllt.

Genau diesem Moment stellte Gregor Gebetsroiters eine Forderung in den Raum. Ein Zigarettenautomat war die Diagonale, Verlangen der Horizont. Und eine Schachtel Milde Sorte lag da in der Perspektive. *Spucks aus! Diese verdammten*

Automaten! Betrüger! Geldeinzieher! Da scheiß ich aber drauf. Wo ist mein Kleingeld hin? Der Verleiher von Pornovideos konnte nicht begreifen, daß sich in dem Apparat nichts rührte. *Sprich dich aus. Verstopfung oder was?* Der Zigarettenpreis war eine Treppe, die darmlang nur nach oben ging – wie eine Sündenleiter. Zwei Schilling morgen, die Viktor Caar bereits heute programmierte. Seine Schenkel voller Fett, getränkt mit Mark sind seine Knochen. Sitzfleisch überall. Sitzfleisch auf der Nasenspitze. Der Mund sogar, das Kinn. Mit Logarithmen ganz durchsetzt. Sitzfleisch überall.

Das freute dem Blähungen gehenden, sich die Füße vertretenden Urban Bumsti. Der hatte sich kurz zuvor erst selbst das Rauchen abgelegt, war seither leidenschaftlich, ja fanatisch mit Kopfweh angezogen, ungebremste Erektionen schoß das Blut, das fuhr. Still lachte es in sich hinein. Ein Bild von einem gigantischen Rottweiler brüllte zurück. Um Gottes Willen. Nein. Mit Hunden konnte Bumsti nicht. Schon ihr Entwurf zeichnete ihm reine Angst ins Wildbret seines Hirns. Er wech-

selte die Straßenseite. Sein Herz raste. Alles war bedroht. Stimmen durch die Bauchdecke der Mutter. Frühgeburt?

Paschalis Besenreiter war dies gar nicht aufgefallen. Kamen Knie ihm entgegen, Brüste? Von seinem Hund umgraben fühlte er sich sicher im Bergen seines Tals. Traurig das Geschlecht. Die Nacht ist unfruchtbar, die Schenkel beieinander. Nur das Denken kommt hinein. Und dieses ist Verdacht. *Ich will.* Eben an die Kindersendung Betthupferl gedacht, über die Hüfte Zwerg Bumstis gelacht, mit einer Maus im Wald. Eigentlich schmächtig wie der Zipfelmützenspitz, im eigentlichsten Sinn. Deshalb den Vierbeiner angeschafft. Ziegelstein unter den Hunden. Gero von Hiratus, das'n Tier, färbt ab. *Männer müssen Einbauschränke sein: kräftig, aber doch dezent, nicht auftragend.* Er faltete die Hände. Kamen Knie ihm entgegen, Brüste? Schüchtern wie er war, kam nichts. *Ich will. Echte Liebe muß es sein, zahlen will ich nicht.* Nur Defizite, war sein Konto platt. Einzig eine Brieffreundschaft mit Marion Bratmeister, Schülerin im eigentlichsten Sinn. Die beschränkte sich auf Klagen – über die Engstirnigkeit ihrer Erzieher, die Streiche ihrer Schwester, alle Welt. Nur insgeheim war Hoffnung, daß sie eines Tages ein schwarzes Motorrad nach Sonstwohin mitnimmt, dann, so malte sie sich aus, würde sie es allen zeigen. *Weinen werden sie um mich. Ich will.* Das vertraute sie ihrer Freundin Tanja Speckhobel an, die analog abseits der Mode von einem Protzprinz träumte, der mit weißen Schimmeln, Krautsalat und Semmelbacken sie abholen kommt. *Dann werd ich's allen zeigen. Weinen werden sie um mich. Ich will. Weinen sollen sie.* Eigentlich. Wie Mädchen ihres Alters war die Speckhobel Pferdeliebhaberin aus Reiterei und Erdapfel. Daß sie dabei beinahe vom Gestütsbesitzer Gelasius Bäck vergewaltigt worden wäre, hatte sie sich längst herabgeschält. *Ich bin kein Astloch nicht, nicht im eigentlichsten Sinn.*

Ich will. Gelasius wußte die Reiterinnen unzufrieden, selten angefaßt, im Trab nach Lückenbüßer suchen, nach Berühren. Nach ihm. Tatsächlich aber waren seine verbalen Ausritte noch jedes Mal gestolpert, war er abgeworfen, seinem Hinterteil genähert statt dem Ziel, den Dämchenärschen. *Und dann schreit er.* Diese machten sich über seine Plumpheit her, lachten *hihihi* darunter Erbsen. *Fressen ihn die Raben. Macht der Reiter Plumps.* Ein Ablenkungsmanöver, Calixtus Bixenwixer zu verstecken. Nämlich. Der hatte jede rumgekriegt ums Ecklein der Entscheidung. Aus der Sonnenseite *Nein* ins fruchtig, schattige *Ich will. Getunkt in Charme, ja, der begehrt, umschwänzelt und tut schön, und Reden wie ein Mund, ich will.* Mit gehorsamem Ruf vorausgeeilter Leistungsfähigkeit tünchte der Stallbursche seine übrige Fadesse. Sein ganzer Lebenssaft war nur aufs eine konzentriert, sonst fehlte ihm der Durst, dem Dasein etwas wegzutrinken, löschten ihn die Damen, brannten aus. So war er es schon satt, wenn sie über Pferde debattierten. Sattelschäfte, Zaumzeug, Hut. Besonders Wall Street wurde da

etwas bescheinigt. *Der versteht genau, was man ihm sagt, ein ganz ein edler Bursche. Charakter hat er und ist gut. Wie oft hab ich ihn geküßt. Und darauf steht er. Maßlos schön.*

Wirklichkeit. Zweimal den Großen Preis gewonnen, in Wahrheit Honorius Bschofl im Gebäck. Der zwergwüchsige Traber ließ sich immer auf den Sulky binden, zu brüllen, peitschen wie verrückt, was auch die Wahrheit ist. Die Stimme ist die Tatsache kleiner Leute. Ja, ihr Existenzbeweis, sonst würden sie verloren gehen in Wirklichkeit. Eben stand er an der Haupttribüne, erste Reihe, sah in die Tretauto-Realität, die der Konzeptkünstler Innozenz Helikopter organisierte. So wird die Krieau entseelt, ärgerte sich Bschofl, der nicht sehen wollte, was da gut sein soll. *Das ist nur. Doch ist das und außerdem.* So kommt, behauptete Helikopter, Publikum. Was auch ein Teil der Wahrheit ist. Wirklichkeit. Alle In-Beisln stellten ein Tretauto-Team. Das Jugendradio, Stadtzeitungen und einige Prominentenmannschaften waren vertreten, Wort für Wort. Allen trat ein Ehrgeiz aus dem Satz, der Radrennfahrer, Extremkletterer, Sportbulimisten interpunktierte, Zylinder zu spielen. Kurbelwelle. Und es war unglaublich. Echt?

Sieger wurde Coelestin Brkcyz, der für das Team Stadtzeitung die Renndistanz in 2:36 bewältigte. Fabelhaft. *Fit zu sein bedeutet Vorbild sein und rechter Lebensweg. Training ist der Sinn, unheimlich gut.* Die Muskel liegen wie Pferdeäpfel auf der Straße, aufgeblasen wie der Schock. Unheimlich gut.

Extremsportler schrecken nicht davor zurück, Kinder zu erschlagen, zu trocknen und zu einem Pulver zu vermahlen. Kinder, sagen sie, sind Leckerbissen, leistungsfördernde.

Phuha. Gerade jetzt. Acht Minuten später kam Lucius Beiersbaier ausgepumpt ins Ziel. Phuha verschwitzt. Er hatte seine 130 Kilo für das Team *Mollig* über den Parcours gewalzt. Dick zu sein, heißt nur gestreichelt werden wollen. Ha und Phu. Sie vergrößern ihre Oberfläche, Platz für Berührung schaffen. Mitteilung. Sehnen sich nach einem nur. Nach Zärtlichkeit! Dicke dehnen ihre Streichelfläche und vergrößern sich. Dickheit ist Hautkrankheit, und Hautkrankheit ist seelischer Natur. Sie wollen immer nur berührt, gestreichelt werden. Haut. Phuha. Mit Aber angefaßt, Oberkörper, Bauch. Viel zu viel für einen Leib. Aber. Den Betreibern der Kriau war Beiersbaier beschwerlich. *De blade Sau mocht olles hin.* Wie Blütenpollen fielen sie in ihre Gespräche, waren stachelig, neckten ihre Wörter über ihn. Ein echter Zungenkuß, länger als man denkt.

Einer lächelte. Breiter als ein Mund, ein Puls. Eugen Colm, der ausnahmsweise einmal Plus erfuhr. Zu ihm hat sich das Glück gestohlen, einen Tip geflüstert in sein Ohr. Stadtzeitung. Trotz Pollenallergie zog er jeden Sonntag ab, seine Ersparnisse zu setzen. Geld muß wirtschaften. Auf jeden Fall. Gerechnet hat sich's nicht. Denn obwohl der Postbeamte regelmäßig alle Experten konsultierte, verlor er doch Woche für Woche Zeit und Geld und Vorsätze und seinen Namen. Ist

so ein Mensch vor Gott gerecht? Seine Kinder kamen in den für Berufswetter gemachten Hort, wo Notburga Burger sie bewachte. Dort blieben sie den ganzen Tag. Das waren einfach Sonntage. Bis daß die Zeit vergeht. Gerade jetzt.

Auch Anastasius Domandl, der sich mit Geheimtips sein Zubrot bestrich, kam jeden Sonntag, Notburga mit Pralinen zu zerstreuen. Feste Schokolade, Marzipan, ein Film. Umarmung wollte sie und nichts geschenkt, kein Ich-will-etwas-dafür. Zärtlichkeit und Zeit. Ich darf ja nicht soviel, gab sie die Kalorienbomben an die ihr vertrauten Kinder, die wie Wilde schlangen, würgten. *Staub seid ihr, zum Staub müßt ihr zurück.* Die Schlange ist wie Schwanz, ihr Maul ist eine Fut. Auf dem Bauch kriechen, ein Lebenslang.

Bloß die kleine Blindschleiche Hadrian Dechant war im Hungerstreik. Kein Staub, kein Marzipan und auch kein Sündenfall. Er sah nicht ein, weshalb er jeden Sonntag, jede Woche, immer. Die Erwachsenen sind doch gemein. Ihr ganzer großer Körper ist mit Niedertracht gefüllt. Vorratskammern voller Übelwollen, ganz gemein. Immerhin hatte ihn Notburga aufgehoben, sein Beleidigtsein von der Leber wegzuhobeln. Wörter so wie Schwäne, hingeschnitzt, schrieb Hadrian seine Geschichte. Die vom Bleistift. Der zeigt Kindern einen Weg zur Freiheit, weg aus diesen Vorschriften, den Pfahlbauten der Welt, dem Treibenlassen im Gehorsam, Stämmen von Befehl. Und das durch Strom. Der Bleistift war der dünnste und ging vor. Die Kinder folgten Hand an Hand, die Fingerchen verkeilt. Der Bleistift stieg in eine Steckdose, die Kinder hinterher. Mitten in den Fluß. Es knisterte. In Wohn- und Schlafzimmer gelangten sie, in Amtsstuben, Telegraphenmasten, Fernsehapparate, und bald schon konnten sie die Eltern sehen, die verzweifelt ihren Nachwuchs suchten. Polizei marschierte auf, Pfadfindergruppen. Die Kinder aber waren fort. Lustig hatten sie's. Der Bleistift zeigte ihnen neue Wege, neue Räume, bis sie schließlich – aber soweit war Hadrian noch nicht. Da wurde er gestört. Das jetzt.

He, schau einmal. Mit feuchtem Sand hatte sich ein Knabe sein T-Shirt angefüllt, trug es so, als ob er schwanger wär. *Was ist das?* Hadrian reagierte nicht. *Was ist das?* Doch Hadrian blieb ohne Reaktion. Hämmerchen ans Knie. *Was soll das sein?* Das ist mein Alptraum, verkündete Alexander Czyzkiewitz. *Mein Alptraum!* Das hatte Lucius Cederer gesehen, sich ebenfalls mit Sand gefüllt, und schrie nun Weihnachtsgans. *Ich auch, ich auch. Das ist mein Alptraum. Ich auch.* –Was? Und Alexander prüfte. –Nein, das ist zuwenig, das ist nichts, bestenfalls ein Wahnsinn ist das, wahrscheinlich nur Sekundenschlaf. Mehr ist das nicht. Ein Alptraum? Nie! Da begann Lucius zu weinen, schreien, mit den Beinen zappeln. Adern kamen ins Gesicht wie nackte Schnecken in ein nasses Gras. Niemand beachtete ihn. Auch die Schicksalsgöttin schien ihn nicht zu sehen. Von Pech verklebt, von Schlafkrusten. Etwas Rotz da aus der Nase.

Das war er, ein Wurm von Mensch. Schon jetzt. Erst gestern hatte ihn seine Mutter alleine mit den Worten rausgeschickt: Such dir endlich einen Freund. Und er war losmarschiert. Hinein. Gleich kam ein Auspuffrohr tragender Arbeitsloser an. Das war nett. Ein Freund? Lucius fragte.

Da sprach Gott der Herr, es ist nicht gut, daß der Mensch alleine bleibt.

Urban Cefirhals lächelte wie Joghurt, köchelte, stieg auf, ging über, brannte an: *Mach daß du verschwindest, schwule Sau.* Über knüppeldick schwang er das Auspuffrohr, bis daß es pfiff. Übermütig. Milch. Er konnte Kinder genausowenig wie seine Heimatstadt. Graz. Nur Bodybuilder, Peter Handke-Typen. Beides mochte Urban nicht. Gestern weder, heute noch. Eben las er die Forderung Gregor Hampls, Graz in Arnold Schwarzenegger-Stadt umzubenennen. *Das fördert den Tourismus, wäre der ganzen Steiermark eine Polenta an Ehr.* Den Urturm hatte selbst die Ungerechtigkeit verstellt, daß nichts so heißt wie er, wo sogar Straßen Karl Kraus, und es Musil-Züge gibt. *Am Ende wird man noch einen Thomas Bernhard-Platz haben und ein Elfriede Jelinek-Stadion. Ist das vielleicht gerecht?* Dem wollte der Stadtrat entgegen, Kernöl im Visier. *Nämlich. Ich nämlich glaube, ja ich glaube nachdrücklich und mit Entschiedenheit, daß es die Pflicht eines jeden ist, stante pede die Meinung zu vertreten, die kompromißlos eintritt, ohne langes Drumherum, das sagt, was als Gebot der Stunde Sprache werden muß, weil es nun endlich an der Zeit ist, nämlich Farbe aufzulegen, die ganzen Halbwahrheiten endlich in ein Ganzes reinzureden, und daher komme ich nicht mehr, länger nicht umhin, mit meiner Meinung hinterm Semmering zu halten, sage daher, daß ich glaube, ja sogar nachdrücklich und mit Nämlich und Entschiedenheit, und wie ich glaube, mit Berechtigung geschützt, weil es runde Sache, recht und billig ist, zu sagen, was, woran man glaubt, nämlich.*

Aufhören, Buh, kam von dem darauf spezialisierten Clemens Cusch. *Aufhören, Buh* wurde besonders bei Fernsehübertragungen populär. *Aufhören, Buh* – ein Werk von Clemens Cusch. Sonst eher faul. Sein einziger, in zwölf Jahren gestellter Antrag hatte gefordert, die Molkereiprodukte mit Bildern und Namen der Kühe zu versehen. Resi, Erna, Milli, Ruth. *Das täte dem Ego unserer Kühe gut.* Abgeschmettert mit 43 gegen zwei. *Aufhören, Buh.* Der Kopf ist schon im Muttermund, dem Deckel des Geburtskanals. Mit dem Gesäß im Ausgang sitzen hieße Steißgeburt.

Nur der kurzsichtige Coelestin Cleinlaut hatte seine Stimme noch dafür gekreuzt. Die Meinung überschritten, aus Versehen. Gerade jetzt war er dabei, kleinlaut ein Grieskoch zu erraten. Das war sein Repertoire. Aber mußte er, bloß weil seine Frau herumkurte, zwei Wochen Brei löffeln? Schauderhaft. Als er auch noch Staubzucker und Mehl verwechselte,

beschloß er Scheidung. Bevor sich die Ereignisse noch überstürzten. Denn so ging es nicht. *Erbarme dich.*

Währenddessen saß seine Frau in einer Weinstube in Bad Tatzmannsdorf und ließ sich von dem Kurgast Innozenz Cnez ernste Anträge einträufeln. Seine Hand bereits aufs Knie gestohlen. Wie ein Haus. Diese Österreicher, alle gleich, alle patschert. Sitzfleisch bis in die Fingerspitzen. Kaiserschnitt im Kopf. Der eine wie der andere. Drei, vier. Sie wollen zärtlich sein und reiben doch bloß eine Stelle wund. Ein Grubenhund Gefühl. Ein Loch mit Danke nein. Dabei entging ihr eine anatomische Skurrilität, die ihr Cnez aus Scham und Eitelkeit verschwieg. Der Pichlinger besaß mit Nämlich zwei Nebenhoden drei, ja ein Jonglieren im Zirkus Sack.

Es gab nur einen, der das übertraf. Honorius Cowatsch, der mit zwei Neben- und zwei Haupthoden einen wahren Murmelsack besaß. *Was raschelt im Stroh?* Es klatschte. Cowatsch erschlug gerade einen Frosch. Mit einem Ziegelstein machte er den Laubfrosch Balduin zu Innerei. Eben erst dem Hauptschüler Gregor Irrzuzler entkommen und schon Esse. Da knacksten die Knöchelchen, verspritzte Balduin sein Sein. Frösche, war Cowatsch angeeckt, sind Warzenvirenüberträger. Daher ist ihr Tod ein Muß. Jedoch flogen die Tropfen heiter, sprenkelten die Ledersandalenwelt. In Tarvisio billig aufgetan. Das war zuviel. Ein Anfall Hysterie erfüllte ihn, stieg aus ihm raus, er hinterher, und lief, alles was noch übrig war, die Hysterie und er, das Übrige, Cowatsch und Honorius, sie stürmten in sein Badezimmer, im Delirium die Bakterien zu delogieren. Derrida.

Diese Heiden brechen den Toten die Backenzähne für ihre Halsbänder aus, aus den Schienbeinknochen machen sie Flöten und die Schädel hängen sie an Schnüren in das sogenannte Totenhaus.

Woanders kam ein Frosch zur Welt. Die Welt zum Frosch, zur Ausgeglichenheit. Es war in einer Kehle. *Balduin* quakend hüpfte er heraus. Quaqua. Gregor Irrzuzler hing da daran. Seine Hände hielten einen Stecken, stocherten damit durch die Gartenecken, Hecken, die erst letzte Woche von Coelestin Dattl beschnitten worden sind. Gerade.

Der war dabei, Narzissentee zu kochen. Braun schwammen die Bätter schon im Sud *Narzissen gegen Krebs*. Das hatte er gelesen, die Ansicht inhaliert, Tee, Spinat und Kräuterkuchen aus den Frühjahrsblumen rauszukochen schützt vor Karzinomen. Angst gehörte ihm zu Tod. So groß, daß sie die ganze Brust ausfüllte. Ja, größer noch. Tatsächlich war sein Leben ja umsonst, wie auch das Leben aller anderen umsonst gewesen ist, wie immer alle Leben sinnlos sind und widerlich, voll Traurigkeit. Die Zeitung aber hatte nur berichtet, wie Gymnasiasten Narzissen in die Knopflöcher der Zugeknöpften steckten. Mit den Blumenstengeln etwas aufzutun, eine Spende für die Krebshilfe zu ködern. Aber so tief hatte Dattl nicht

gelesen. Schon aus Prinzip las er nur Überschriften. *Das reicht völlig.*

Wie es auch reicht Innozenz Dietlmut zu nennen. Nennen, das bin ich. Ich bin jetzt da. Endlich. Mit einer gehörigen Packung Schwermut hatte der seine Freiheit, das ist falsch, auf Liliane Leberkühn projiziert, die ist richtig. Der ist manisch. Begehrt zu einfach und auch nicht. Begehren stelle ich mir vor, das ist zuschnüren. Begehren ist nicht Ich zu sein. Verfolgungsjagd. Kann sich ja umbringen, Schuld zuweisen, hinterlassen, eine Traurigkeit zurück, einen Körper ohne mich. Dabei redete gerade Alexander Dachtler auf ihn ein. Reden ist ein Hergeben, ein Heraustreten aus sich, ein Faschingsprinz zu sein. Aber retour in den Körper will die Sprache nicht. Das wird schon wieder, oder was er sagen soll. Der Kopf ist noch verformt. Es gibt ja andere, es geht vorbei, warf er die Schlingen aus, ihn rauszuziehen aus der Beschleunigung, die ihn mehr und mehr in sich verfing. Und näher tritt das Ich. Was fängt man da mit Pathos an? Die Liebe, hatte Urban Dornstauder in seinem Bestseller *Mein Zimmerblut* geschrieben, ist ein Dasein ganz für sich. Alles wird hineingelegt, ja treibt sich rum darin, ertrinkt. Das schrieb er aus Erfahrung, die war ihm immer näher als das Ich. Litt er doch selber an dem Wahn, jeder Anrufer, ja jedes Klingeln an der Tür stamme von Cemens Durstl ab, dem Ex-Mann seiner Frau. Da schneidet sich der Eifer etwas ab, der Rest ist Sucht. Dabei war der an dieser gar nicht interessiert. Nicht mehr. Mit seinem Lateinlehrer saß er bei quaqua im Bierführer. Ein Hund, quaqua, Lobkowitz, und Ha ha ha ha lachten die Deutschen, ein Flipper schrieb sein *Leider nicht,* quaqua deklinierte Gregor Jammernegg, schrieb Sätze vor, nein Cicero. Dachte an Niederknien, Beten, alte Träume, wie sie wieder wiederkehren, Bilder, die ihm seine Sicht verstellen, ausgeraufte Haare,

Schläge, Schmerz. Das Währen da, das Wiederkehren, alles mit Trotteln angefüllt. Innozenz Eherer stand am Ende des Lateins, ihn abgepaßt, zugerichtet, die Vergangenheit zerschlissen, niemals gehabt. Und ich? Die Sprache? Meine. Eherer selbst tropfte im Präsens rum, zog seine Gabel durch ein Grüngericht, rührte um und hin zum Mund, drei, vier und Fallenlassen, nocheinmal. Rechterbein. Das Währen runterziehen. Die Haut vom Sein. Vom Sinn das Du. Du mußt die Nahrung dir hinunterwürgen, kräftig werden, stark, die Zunge und den Gaumen überführen, wollten diese nicht, riegelten nur ab. Der Körper ist halb tot, halb Schlaf. Nur wieder einzig sein. So dünn, daß Wirbelknochen auf dem Rücken hockten, Kamm. Aber Sterben kommt noch nicht in Frage, strebt ein Kälblein Leben an die Luft. *Du mußt, du mußt.* Hatte Adrian Eckstein sich bemüßigt, Gemüse ihm verkocht. Ich murmle Dreck. Weich und klebrig, allen Geruch herausgesotten, der jetzt Zimmer war. Es roch das ganze Haus. Die Kleidung roch, die Möbel, Wände, seine Haut. Der Dreck. Selbst

Johann Ungethüm, der nichts als müde war. Wie eine Kiwi ausgelöffelt, nur behaarte schlaffe Haut. Der Antrieb fehlte, etwas tun. Alles gehabt im Leben, alles Glück und Pech, ohne jemals so zu sein. Oder auch so. Oder auch Ich. Hingenommen alles und ertragen, einfach mitgeschleift vom Leben, paar Jahrzehnte, aufs Ausklinken gespannt, ja vorbereitet. Erlösung ist der Tod. Wenn endlich eine Krankheit käme, hinfort zu nehmen, aus dem Körper raus. Abzustreifen dieses Ich. So lag er da und roch den Kohl. Die Syntax. *Schulausspeisung* füllte sich das Hirn gleich mit Verklärung an, kochte sich hinein. Wenn ich an Schule denke, ist das Äußerste davon noch klasse. Da war der Klassenlehrer Nikolaus Cnirsch mit seinem Stäbchen in der Hand. Martin Dritremmel war da, Honorius Drinkham, Nikolaus Dschanyzek, Coelestin Einfalt, Bonifacius Cuhstall, Benedikt Kerschhagl und Clemens Eschenlohr war da. Auch Johann Vogelsang, Benedikt Limbek und Clemens Ferkl waren da. Und alle hatten ihre Gesichter mitgebracht, ja ihre Haut, ja mich. Und alle lebten irgendwo und irgendwie und waren tot. Ungethüm hatte von keinem mehr etwas gehört. Es ging ja nichts mehr rein, der Körper war schon dich. Ich muß mich durchsetzen, die Welt mit mir durchsetzen, mich behaupten, ich. Auseinandgegangen als verschworene Gemeinschaft, jeder für sich, werweißdennwo. Wasweißdennich? Und alles Ereignis ist dann weggedunstet, nichts als Bodensatz bleibt noch zurück. Während ich. Und plötzlich war das wieder angefüllt, wieder alles da. Ja, wird man das denn nie los? Klumpfuß Erinnerung. Die Sonne sprenkelt alles voll. Mein Gott. Summen von Insekten addieren sich hinzu. Mein Gott, wo bleibt denn jetzt die Auferstehung? Noch immer im Geäst? Man kann doch nicht nur müde sein. Dabei hatte gerade jetzt der Forscher Innozenz Figura den Nachweis aus dem Chaos rausgezogen, daß Müdigkeit und Schlafstörung aus Hormonmangel entstehen. Na klar, jubelte Urban

Freudensprung, na klar, damit ist ein Geschäft zu machen, und zwar ob. 200 Millionen machen wir damit, bestimmt. Wenn ich es sage. Ich. Während das passierte. Während wie Spinnenbeine sich Stämme in ihr Wäldchen legten, Eidotter in ihren Häutchen schwammen, die Auferstehung irgendwo noch im Geäst hing, da unterm Währen dieses Sonnenlichts, wurde der Verkäufer Gregor Klampferer übers Ohr gehauen, hatte ihm Bettina Bleibtreu etwas abgeluchst, litt Urban Friesenhengst an einem Kieferkrampf, Bonifacius Ischlbichler Sodbrennen. Innocenz Gludowatz bekam ein kopulierendes Pärchen aus Laubsägeholz geschenkt und schmiß es weg. Gregor Landinsicht bekam von Martin Euler-Rolle jenen Urbanus Aust empfohlen, der Einblick auf seine in Strapse gezogene Person verspricht. Eugen Dortenwald kaufte sich eine Salbe Löwenzahn, das hilft, versprach ihm Salzwimmer, gegen Gürtelrose. Und während das passierte, litt Nikolaus Essigstelzer an einem Anfall von Migräne. Calixtus Casper bekam einen Strafzettel angesteckt, da kannte Fabianus Schlimkowitz

nichts. Machte sich Pius Briemetshofer an den Hinterglasbildern der Gertrude Rübentrüdinger zu schaffen, gab Paul Brobst dem Gerüstebaumeister Sixtus Brenneis die Hand. *Erinnern Sie sich noch?* Wechselte ein Gero von Hitarus von Sixtus Drobollowitsch zu Felix Achterl, gab Caius Ipser die Türklinke der Renate Reiherbichler dem Innozenz Heiduk in die Hand, trank Alexander Frauendienst mit Marcellus Aichelrieder und Eusebius Hainzelmeier Bier. Pius Ceger verliebte sich spontan in die Montanstudentin Deborah Bohrer, Julius Blappert mußte sich Gedichte von Julius Antal anhören. Leo Jochum bekam einen Geschenkskorb überreicht, Hadrian Flegel vertrug die Kittelsoße nicht, amüsierte sich Clemens Gasteiger mit Bavaria und Borussia Preußbayer, wurde Paul Cawadil von Simmacus Tengg erschossen, Julius Cierhut von Felix Diridl umspielt, Marcellus Bimperl von Pelagius Nachtnebel um eine Zigarette angeschnorrt. Und ich? Und während das alles passierte, fand Paul Doppozada eine Socke, bewirtete Pius Drazahn die Trauergäste eines Pelagius Bierkistl, deutete Pius Frunzeanu dem Motorradfahrer Czyzyk einen Vogel, beschloß Gregor Mostbeck eine Reform, schneuzte sich Sixtus Eulenhaupt, las Urban Gammauf Pfuigack, ein Manifest gegen den Medienterror, trank Gregor Nachtkastlberger Orangensaft, zerdrückte Innozenz Iberall eine Gelse, bekam Clemens Hlvaty eine Erektion, schnitt Leo Kotek Brot, hustete Paul Eberschwandter, lachte Gregorius Obrist, weil er Johann Fauler grinsen sah, küßte Urban Mundschwitz Helga Haberditzl, geborene Ditzlhaber, schimpfte Innozenz Jammerer, streichelte Alexander Gaisrucker einen Hund, blinzelte Clemens Innerzorn, putzte sich Clemens Jessersna die Zähne, rülpste Innozenz Kratschmar, dachte Alexander Hirnigel an Essen, Innozenz Lotteraner-Wüstner an Frauen, Clemens Kainsradl an Sport. Wer aber denkt an mich? Innozenz Mauskoth gähnte, Benedikt Mehlführer onanierte, Clemens Leberzipf zuckte,

Benedikt Niehaus nieste, Clemens Mergel sprach, Clemens Nastl hörte zu, Pius Flatschart hörte weg, Pius Gampulak träumte, Leo Leierer zählte die Sekunden, Pius Huberhubinger-Hub, aber das ist schon zuviel gesagt, fehlt. Nocheinmal rief Gregor Petermandl alle auf, aber da war nichts zu machen. Fehlt. Pius Imwandl räusperte sich. *Und? Was ist?* Leo Musial stieß ihm den Ellbogen in die Rippen. *Klappe.* Pius Josappert lachte, aber da hatte er auch schon eine Zirkelspitze im Gesäß. Dafür war Benedikt Obernosterer-Pemsel bekannt. *Psst, gleich kommt der Direktor.* Wo denn? *Direktor ist zuviel gesagt.* Pius Kasseroller lief rot an. Pius Laula-Lampelsieder schämte sich, Johann Windbichler stahl einen Bissen Wurstbrot. Paulus Frotzler merkte nichts. Was wollt denn ihr für Engel werden? Johann Paul Antenfuß-Früchtl lächelte. Johann Paul Pürzelmeier kniete nieder und küßte den Boden, aber da kam auch schon der nächste, ihm kräftig ins Gesäß zu treten, und es wurde wieder Ich.

€ 13,60